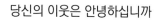

당신의 이웃은 안녕하십니까

당신의 이웃은 안녕하십니까

지은이 | 김현정
펴낸이 | 一庚 張少任
펴낸곳 | 돌선 답게
초판 인쇄 | 2021년 4월 21일
초판 발행 | 2021년 4월 25일
등 록 | 1990년 2월 28일, 제 21-140호
주 소 | 04975 서울특별시 광진구 천호대로 698 진달래빌딩 502호
전 화 | (편집) 02)469-0464, 02)462-0464
　　　 (영업) 02)463-0464, 02)498-0464
팩 스 | 02)498-0463
홈페이지 | www.dapgae.co.kr
e-mail | dapgae@gmail.com, dapgae@korea.com
ISBN 978-89-7574-331-3
ⓒ 2021, 김현정
나답게·우리답게·책답게

영원히 잠든 것에 대한 작은 이야기 여섯 · 죽음 '테마 단편소설집'

당신의 이웃은
안녕하십니까

김현정

도서
출판 **답게**

태어나면 안 되는 생명은 없다.

드러나선 안 되는 진실도 없다.

세상과 마주하는 순간부터 살아 움직이기 시작하는 모든 것은 어떤 외부의 힘으로 통제할 수가 없다. 생명체 스스로 만들어가는 여정은 누구도 계획할 수도, 예단할 수도 없다. 그것을 운명이라고 말하는 이도 있다. 어디로 어떻게 굴러갈지 모르는 수수께끼 같은 운명, 그래서 한 생명이 태어나거나 진실이 밝혀지는 순간은 언제나 경이롭고 짜릿하다.

부러 감춘 것은 아니지만 묻혀있던 작품들이 세상에 고개를 내미는 순간이다. 짜릿하다.

생명을 가진 모든 존재는 본의 아니게 죽음을 향하고 있다. 저마다의 삶, 그 길에서 죽음으로 인한 이별을 접할 때 아프지 않을 수 없다. 잠시 먼저 가 있을 뿐이라 해도 당장의 헤어짐은 아프고, 당장의 부재는 허전하기 마련이다.

몇 차례의 가슴 아픈 이별로 내 삶은 한 때, 슬픔으로 가득 찼다. 이별을 담담하게 받아들일 만큼 나는 단단하지 않았고, 슬픔을 예술로 승화시킬 만큼 세련된 사람도 아니었다. 그래서 부끄러운 글이지만 나를 지탱해준 고마운 글이기도 하다.

이제 비로소 이름을 부여받은 이들이 누군가에게 다소나마 위로를 줄 수 있는 단어로, 구절로, 문장으로 살아 숨 쉴 수 있기를 조용히 바라본다.

2021년 봄
김현정

| 차 례 |

굿나잇

"고 계장이 이대로 죽기라도 해야된다는 말인가요?"

"산 사람은 살아야 한다는 말을 하고 있는 거야.
고 계장은 이미 죽었어"

"오늘따라 왜 이리 역하지?"

책상에 앉아 돈뭉치, 명세서 묶음을 정리하던 박기정이 오랜 침묵을 깨고 던진 말이 허공에 흩어진다. 책상 위에 있는 담배를 집는다.

"돈 내가 니코틴을 부르는구나~"

한 층 볼륨을 높인 두 번째 말도 어둡고 조용한 사무실 안 건조한 공기 속으로 맥없이 흩어질 뿐이다.

"고농축 발암물질 한 대 태웁시다"

박기정은 일어나 자기의 말을 좀체 줍지 않는 고재민의 자리로 걸어간다. 은행 안은 대체로 어둡다. 천장에는 각종 형광등과 수은등이 빼곡하게 박혀있지만, 두 개의 작은 수은등 외엔 모두 점멸되어 있기 때문이다. 켜진 두 개의 전등은 서로 꽤 떨어진 곳에서 각각 박기정과 고재민을 수직으로 내리 비추고 있는데 이 때문에 둘의 공간이 연극무대 같기도 하다. 주인공은 둘인 셈이다. 박기정은 자신의 대사를 독백이거나 방백으로 만들어버린 고재민을 향해 걸어간다. 의자에 몸을 기댄 고재민은 고개를 뒤로 젖힌 채 눈을 감고 있다. 보편적으로 뒷목이 당길 때 취하는 모양새이다.

"고 계장은 고농축 카페인이 더 시급한 타이밍이군."

혼잣말과 대화의 중간 어조이다. 박기정은 고재민의 책상 위에 있는 서류들을 살펴본다.

"아산 대출건 정리도 멀었네. 이렇게 여유 부릴 시간 없겠구만. 자 그럼 이렇게 합시다… 일단 나가서 시베리아 기단에 클라우드 나인의 니코틴 향을 섞어준

다음, 맥심 카페인으로 입가심~ 어때? 펄펙트?"

박기정이 고재민을 본다. 얼굴색이 희끄무레하다. 박기정의 왼손에 들린 〈클라우드9〉 담뱃갑 보다 더. 박기정이 고개를 잠시 갸웃한다.

"고 계장, 술기운 올라오는 거야?"

박기정이 고재민의 왼쪽 어깨를 살짝 민다. 뒤로 젖혀있던 고재민의 고개가 아래로 툭 떨어진다. 박기정은 순간 뒤로 한 발짝 물러선다. 라이터가 박혀있던 〈클라우드9〉이 바닥으로 떨어진다.

"고 계장!"

박기정의 목소리가 오히려 작아진다. 왼손으로 고재민의 턱을 잡고 왼쪽 볼을 박기정의 오른손 손바닥으로 두들긴다.

"고 계장, 왜 그래? 정신 차려봐."

박기정이 손에 힘을 빼자 고재민은 고개를 또 떨어 뜨린다.

"고재… 미… 인… 씨"

박기정이 뒷걸음질 친다. 허둥지둥 책상 위에 있는 전화기를 든다. 박기정의 손가락이 숫자판의 낮은 위를 배회한다. 반대편 손으로는 수화기를 놓았다 들었 다한다. 그때 누군가 기계음을 빌어 큰 소리로 박기정을 부른다.

'날 좀 보소 날 좀 보소~'

휴대전화의 큰 벨소리에 화들짝, 몸을 떨던 박기정이 허둥지둥 소리가 나는 쪽으로 간다. 그러나 벨소리가 멈춘다. 잠시, 짧은 적막을 깨고 다시 울린다.

'날 좀 보소 날 좀 보소~'

"여보세요. 3차요? 지금 지점장님, 문제가 생겼습니다. 고 계장이 이상해요. 술에 취한 건지, 자는 건지… 네? 아니, 저는 지금 다리가, 아니 머리가… 네?
아, 네, 빨리… 알겠습니다."

전화기를 책상 위에 내려놓고 다시 고재민을 향해
걸어가는 박기정의 다리가 심하게 후들거린다. 술에
취한 사람처럼 '고 계장'이라고 조용히 불렀다 크게 부
르기를 반복하며 다가간다. 고재민의 얼굴을 살피며
어깨를 잡으려다 주춤, 안절부절 어쩔 줄 몰라 하던 박
기정이 정수기에서 물을 한 컵 떠온다. 왼손으로 고재
민의 턱을 받치고, 오른손에 든 물 컵을 고재민의 입술
에 대며 기울여보지만 고재민은 조금도 목말라 보이지
않는다.

"고재민씨, 진짜 왜 이래?"

그때 템포가 빠른 구두 발자국 소리가 들려온다. 박
기정은 발걸음을 떼려다가 물컵을 든 채로 엉거주춤,
시선만 맞춘다. 멀대같은 양복 하나가 빠르게 다가온
다.

"지점장님"

박기정의 목소리가 떨린다. 김오중은 대꾸가 없이 고재민 쪽으로 곧장 간다. 가볍게 양쪽 볼을 두드려 보더니 눈꺼풀을 한 쪽씩 차례로 뒤집어본다. 고재민의 가슴에 귀를 대보더니 양손의 맥을 짚는다. 다시 눈꺼풀을 뒤집어보곤 깊은 한숨을 내쉬더니 잠시, 주인 없는 허공에 시선을 던진다.

"얼마나 됐지?"

"2차 갈 때 들어왔으니까 열시쯤이었는데, 고 계장 기분 좀 풀어주려고 얘기 좀 하자니까 아산건 정리할 게 많다면서 먼저 앉길래, 저는 시재 맞추고 명세서 정리땜에 제 자리로… 그때가 열시 반이나 됐을까. 그러곤 이제 제가 담배나 한 대 피자고"

박기정과 김오중이 동시에 고개를 돌려 서로 다른 벽시계를 본다. 어두운 벽에 빨간 네온 불빛으로 11:13이 금세 11:14로 바뀐다.

"대답이 없길래 와보니까 이러고 있길래 자는 줄 알고 깨우려고 하는데 갑자기 고개가 툭 떨어지더니 이렇게 … 너무 놀라서… 119에 신고를"

"했어?"

"하려고 했는데, 갑자기 번호도 생각이 안 나고 뭘 어째야 할지 모르겠는데 지점장님이 전화를 하셔서… 자는 건지 취한 건지 쓰러진 건지 판단이 안 서서…"

박기정은 온 몸을 떨고 있다. 허둥대며 산만하게 돌리던 시선이 홀로 앉아 있는 고재민에 닿자 소스라치게 놀라 고개를 돌린다. 김오중을 바라보는 눈빛도 불안하게 흔들린다. 김오중은 잠시 사위를 살피더니 고재민을 한 번 돌아보고, 박기정의 흔들리는 눈빛을 가만히 응시 한다.

"오늘 뭐 따로 특별한 애긴…, 없었나?"

"억울하다고, 자기가 무슨 돈을 왜 받았겠냐고"

그래서? 정도의 추임새도 없지만 박기정은 사이를 두어가며 말을 이어간다.

"솔직히 고 계장이 뇌물 같은 거 받을 사람은 아니 잖아요"

"무슨 근거라도 있나?"

가만 듣기만 하던 김오중의 질문에 박기정은 당황한 기색이다.

"솔직히 누가 일개 신입사원한테 뇌물을 주겠어요? 아무런 힘도 없는데"

"오션 기업 대출건, 고 계장이 자원했다는 사실은 잊었나보군"

"그래서 빠져나갈 구멍도 없는데 이상한 소문은 도니 답답하다고, 콱~~ 죽고 싶다고"

박기정은 하던 말을 멈추고 겁에 질린 표정으로 김오중을 쳐다본다. 박기정의 눈을 응시하며 이야기를 듣던 김오중이 흠칫 놀라 눈을 내리깔더니 어깨를 들썩이며 냉소적으로 대꾸 한다.

"그래서 콱 죽었다…?"

"주, 주, 죽었다뇨? 고 계장이 자, 자살이라도 했단 말인가요?"

"자살인지 타살인지 그건 모르지. 다만 난 팩트만 얘기하고 있어. 고 계장은 죽었으니까"

"말도 안 돼. 아니에요. 지금 무슨 말씀을 하시는 지…"

"벌써 숨이 끊겼잖아. 죽었어. 보면 몰라?"

"말도, 말도 안 돼. 그럼 당장 병원에라도……, 어떻게 해야…, 어떡하죠?"

박기정은 고개를 내저으며 뒷걸음치다 책상 모서리를 손으로 짚고 선다. 몸을 산만하게 움직이며 전화기를 찾는 것 같기도 하고, 어찌할 바를 모르는 눈치다. 그런 박 계장을 바라보는 김오중의 눈빛이 순간, 염려에서 언짢음으로 바뀐다.

"박 계장, 오늘 시재 맞춘 거 들고 지점장실로 와. 마무리 해야지"

혹시 잘못 들었나, 하는 표정으로 박기정이 김오중을 쳐다본다. 김오중은 고재민의 의자를 책상 쪽으로 천천히 끌어 바짝 붙인 뒤 양팔을 책상 위에 올려놓는다. 고재민의 머리도 책상 위로 자연스레 내려져 있다. 얼핏 보면 고재민은 책상에 앉아 엎드려 자는 모양새다. 김오중은 몇 발짝 떨어져 자신이 세팅해놓은 고재민의 모습을 한 번 훑어본다. 그럴싸하군, 하는 표정이다. 박기정의 눈빛은 점점 멍해진다. 내가 지금 뭘 보고 있나, 하는 눈빛이다. 김오중 이 그 멍한 눈빛을 쏘아본다.

"뭘 꾸물대? 퇴근 안 할거야?"

순간 몸을 부르르 떤 박기정이 재빨리 자기 자리로 가서 서류를 챙겨 지점장실로 향한다. 지점장실을 향해 앞장서 걷던 김오중은 발길을 돌려 의자에 걸쳐있던 코트를 빼더니 고재민의 등 위에 덮어준다. 지점장실로 걸어 들어가는 구두소리가 위엄있다. 지점장실의 문은 활짝 젖혀있다. 지점장이 들어간다. 박기정은 소파 옆에 서류를 들고 바르르 떨며 서 있다. 김오중이 먼저 앉는다. 박기정에게 앉으라는 눈짓을 한다. 박기정은 긴 소파의 가장 왼편에, 김오중과 가장 먼 자리에 앉는다. 김오중이 서류를 보자는 듯 오른손을 내밀자 박기정은 설마, 하는 표정으로 건넨다. 김오중은 서류를 한 장 한 장 천천히 넘겨 본다. 여느 때와 다름 없이, 여유롭게.

"잘 들어. 여긴 은행이야. 돈이 흐르는 곳이지. 그래서 우릴 지켜보는 눈이 많다구. 이렇게 일거수일투족을 감시받는 것도 한 이십 년 되니까 크게 신경 쓰이지는 않아. 그나마 귀가 없는 것을 늘 천만다행으로 생각하고 있지. 거침없이 말해도 부드럽게 행동하면 온유한 뱅커가 되는 것이 바로 은행의 눈이야. 그러니 내 말을 잘 듣고 영리하게 굴어"

박기정은 고개를 들어 한쪽 모서리 CCTV를 올려보다 지점장의 나무람에 얼른 시선을 내린다.

"자연스럽게 있어! 어차피 박 계장이 내 말만 잘 따

라주면, 필름들이 되돌려질 일은 없을 테지만, 그래도 만약을 위해 철저히 대비해야 된단 말이지. CCTV라는 게 말이야 참 재미있는 친구야. 어디 보자. 우리 고 계장은 뭐하는지 한 번 볼까"

김오중은 리모컨을 집더니 책상 위 컴퓨터 모니터에 대고 버튼을 누른다. 9등분 된 CCTV 화면이다. 어느 섹션에서도 움직임이 포착되진 않는다. 대부분 어둡고, 두 섹션만 좀 환하다. 아홉 개로 나뉜 화면 중 한 칸을 클릭하자 화면 전체가 고재민의 자리로 바뀐다. 고재민은 외투를 등에 덮은 채로 책상 위에 엎드려 있다.

"어때? 평화롭지 않아? 고 계장도 잘 자고 있고 말야. 그러고 보니 7이군"

김오중이 리모콘을 조작하자 화면이 다시 아홉 개로 나뉜다. 위 상단 타임코드만이 빠르게 바뀌고, 그 외 모든 것은 정지되어 있다. 모든 섹션 좌측 상단에 각각 고정된 숫자가 박혀있다. 두 번째 줄 가장 왼편, 고재민의 모습이 보이는 작은 섹션 좌측 상단에 써있는 숫자 7을 확인한다. 박기정의 초점 잃은 눈이 7에 꽂힌다. 김오중은 여유 있게 리모컨을 내려놓고 서류를 다시 훑어보며 입을 뗀다.

"저 자리였거든. 박 계장 오기 전에"

김오중은 태연하게 서류에 사인까지 한다.

"아… 그 자살했다는 신입사원이요?"

"하여튼 요즘 애들은 몰라도 되는 것에는 정말 밝아. 정작 알아야 할 것은 모르면서 말이야."

"지점 안에서 그렇게 했다고. 그래서 가끔 오싹하다고 부장님이 그러셔서 그 정도 밖에"

"최연소 지점장이라고 떠들썩하게 주목받으면서 왔는데 두 달 만에 부하직원의 자살 사건이 발생했지. 과도한 업무 스트레스 때문이라는 친절한 유서와 함께 말이지. 그것도 바로 자기 자리에서 음독을 했어. 저 자리 말이야. 어디 보자, 고 계장은 겁도 없이 잘 자고 있군. 7번 자리"

"왜 지금 그런 이야기를 하시는거죠? 저, 저, 저 것 좀 끄시면 안 돼요?"

"왜? 고 계장이 벌떡 일어나기라도 할 것 같아? 그저 평범한 은행원이 야근하다 졸고 있는 장면일 뿐이라구!"

김오중이 리모컨을 누른다. 화면이 전환된다. 역시 아홉 개로 분할된, 10번부터 18번까지의 화면이다. 전체적으로 어두워서 눈에 띄는 건 없다. 박기정은 고개를 숙이고 간간이 흐느낀다. 추위에 몸을 떠는소리 같기도 하다. 어쨌든 다물지 않은 입에서는 아랫니와 윗니 사이로 거칠게 들락거리는 숨소리가 삐져나온다. 코를 훌쩍거리면서 티슈로 코를 풀기도 한다. 김오중은 소파의 팔걸이에 팔을 세우고 턱을 받친 채 골몰하다.

"우리가 지금 왜 이러고 있어야 하죠? 사람이 쓰러졌는데 당장 병원으로 가야 하는 거 아닌가요? 아니면 119나"

"지금 어딘가에 전화를 한다면 112가 맞는 상황이 겠지. 이를테면 고 계장은 환자가 아니라 변사자인 셈이니까. 그렇다면 최초 목격자는 박 계장이 될테고, 동시에 유력한 용의자가 되겠지."

"제가 죽이기라도 했단 말이에요? 담배나 한 대 피자고 갔는데… 고개가 툭"

"나한테 설명할 필욘 없어. 나야, 설령 박 계장이 진짜 무슨 짓을 했대도 어떻게든 감싸줄 거니까. 동문이란 게 그런 거 아니겠나. 하지만 경찰의 눈엔 다르겠지. 둘은 동료이자 라이벌이었는데, 취중에 단 둘이 있다가 한 명이 죽었다…?"

"죽은 게 아닐 수도 있잖아요. 지금이라도 당장 병원에 가요! 심폐소생 뭐 그런 거라도"

박기정은 자리에서 벌떡 일어난다.

"앉아. 침착하라구. 나는 말이야, 의무병으로 간 군대 첫날부터 시신을 봤어. 2년 6개월 간 안 해본 짓이 없다구. 고 계장은 이미 동공이 풀렸어. 맥도, 심장도 전혀 뛰지 않아. 심폐소생은 아무 때나 하는 줄 아나? 타이밍이 지났어. 고 계장은 영안실 직행이야. 사망, 사망 상태라구. 타살도 자살도 아니라면 뇌혈관이 막혔거나, 심장마비겠지."

"설령 정말 죽은 거라면…, 그런다 쳐도 우리가 지금 이러고 있을 일은 아니잖아요. 이건 뭔가 많이 이상해요"

"답답하군"

김오중은 버럭 화를 내듯 자리에서 거칠게 일어난다. 한참을 씩씩대더니 이내 숨을 가다듬고 다시 앉는다.

"오션 기업이 오늘내일 하고 있어. 우리한테서 가져간 돈이 자그마치 30억인데 말이야. 부실기업에 30억을 대출해주었다? 그게 어떻게 가능한 일이었을까? 감사팀에서 지점을 의심하는 건 어찌 보면 합리적인 일이지. 실수든 고의든 잘못을 한 누구 하나를 잡아내기 위해 지점이 쑥대밭 되는 건 불 보듯 뻔한 일이구 말야 "

"고 계장이 이대로 죽기라도 해야된다는 말인가
요?"

"산 사람은 살아야한다는 말을 하고 있는 거야. 고
계장은 이미 죽었어"

"뭐가 뭔지 저는 당최 모르겠어요. 오션 기업이 어
떻게 될지도, 잘못을 한 게 누군지도 아직은 모르는 거
잖아요. 고 계장이 죽었다는 것 역시 아직은… "

"그중 하나만 확실해도 모든 것은 분명해지지. 그
하나가 흔들리면 모두가 위험해지고 말야. 고 계장은
죽었어. 보다시피 우리 눈앞에 죽은 채로 있지"

"어떻게 사람이 죽었는데 그런… 아니 그래서 지금
뭘 어쩌자는 겁니까? "

박기정의 어조에 흥분이 묻어있다. 그러나 김오중
의 차분한 눈빛에 금세 압도된 듯, 이내 고개를 숙인다.

"이성적으로 생각하면 간단해. 회식하는 도중에 들어와 야근하던 부하직원이 술에 취해 잠들었다. 평상시 같으면 어떻게 하겠어? 집까지 잘 바래다줘야지. 그것이 나의 리더십이고 박 계장의 동료애고 말이야."

박기정은 이마를 양손으로 감싸고 낮게 흐느끼고 있다.

"본부장 승진 때문에 이러시는 건가요?"

"박 계장, 나는 전국 실적 1위 슈퍼등급 지점장이야. 오션 때문에 잡음이 좀 생겼지만 임원 트랙은 이미 수순이야. 아무 문제 없다구. 오히려 자네는 말이야… 은행 나가면… 어디 갈 데라도 있나?"

"지금 그것이 고 계장이 죽고 사는 문제와 무슨 상관이⋯⋯"

"차분히 생각해보면 답이 나올 거야. 정답은 시간이 지난다고 바뀌지 않고 말이야. 자, 일단은 오늘 일을 마무리해야겠지?"

"저더러 뭘 어떻게 하라는 거죠?"

"평범한 하루의 완벽한 마무리!"

겁에 질린 표정으로 머리를 흔들던 박기정이 갑자기 온몸을 부르르 떤다. 오줌이라도 지린 사람처럼.

"화, 화장실… 화장실 좀"

"찬물로 세수도 한 번 하고 와. 그럼 정신이 좀 들거야."

박기정이 자리에서 일어나 발걸음을 뗀다. 지점장실 밖으로 내민 다리가 심하게 후들거린다. 다리가 저리는 것 같기도 하고, 겁에 질린 것 같기도 하다. 소파에 혼자 앉아있던 김오중도 표정은 비슷하다. 어딘지 속이 안 좋아 보이기도 하고 겁먹은 것 같기도 한.

"같이 가주어야겠군"

김오중이 일어나더니 박기정보다 앞장서 걷는다.

은행 문 쪽으로 갈수록 두 남자가 내는 구두소리의 템포가 빨라진다. 작은 소리만 어디서 껴들어도 둘은 그대로 기절할 듯 잔뜩 경직된 채 꽁무니를 뺀다. 성급히 문이 닫힌다. 은행 안은 모든 것이 정지되어 있다. 말 없이 돌아가고 있는 CCTV와 시계를 제외하곤 모든 움직임이 차단되어 있다. 차가 지나다니고 이따금 경적이 울리기도 하지만 바깥의 살아 움직이는 소리들도 은행 안으로 들어오는 순간 생기를 잃는다.

정지된 화면에 힘 잃은 소리만이 가득한 가운데, 움직임이 포착된다. 16번 화면이다. 김오중과 박기정이 16번 CCTV를 지나 14번의 시야 안으로 들어온다. 둘은 고재민 쪽을 바라보고 멈추어 선다. 김오중은 잠시 머뭇거리다 박기정을 돌아본다. 김오중과 눈이 마주치자 박기정은 어둠 속에서 고개를 떨군다. 김오중의 얼굴에 결연한 의지 같은 것이 보인다. 박기정의 창백한 낯에도 어딘지 모르게 비장함이 흐른다.

"자, 퇴근해야지? 고 계장 집이 어딘지는 알지?"

김오중은 박기정의 대답을 기다리지도 않고, 지점 장실로 걸어간다. 크게 내쉬는 한숨 끝에 어울리지 않는 멜로디를 붙이며 흥얼거린다. 김오중의 즉흥곡에 긴장감이 묻어난다. 박기정은 우두커니 서 있다. 김오중이 시간 없다고 소리를 지르자 박기정은 움찔하여 한 발짝을 뗀다. 구두 뒤축에 무거운 추라도 달린 듯 느릿느릿하다. 도살장에 끌려가는 소라기보단, 소를 끌고 가는 정 많은 주인의 발걸음이라고나 할까. 김오중은 코트를 걸치고 서랍에 있던 차키를 꺼내어 만지작거린다. 차키를 코트 주머니에 넣고 휴대폰은 책상 위에 올려놓는다. 지점장실을 나와 고재민의 자리로 간다. 한껏 굼뜨고 있는 박기정의 등을 쏘아본다. 박기정은 자켓을 입고 가방을 어깨에 메며 깊은 한숨을 내쉬고는 몸을 돌린다. 순간 자신을 주시하고 있던 김오중의 눈빛과 마주치자 흠칫 놀란다. 괴팍한 주인한테 발길질을 당할까 봐 잔뜩 주눅든 애완견처럼 고개를 푹 숙이고 김오중 쪽으로 간다. 김오중은 박기정의 가방을 어깨에서 빼 들어주곤 턱으로 고재민 쪽을 가리키며 사인을 보낸다. 박기정이 눈을 질끈 감는다. 얼굴에 온갖 주름이 다 잡힐 정도로 힘주어 눈을 감은 채 고개를 내 젓더니 양손으로 얼굴을 감싼다.

"고 계장이 피곤한지 깰 생각을 안 하네. 어쩌겠나.

막낸데 우리가 알아서 챙겨줘야지, 안 그래? 얼른 집
에 가자구"

    꽤 자연스러운 연기를 펼친 김오중이 박기정의 어
깨를 감싸며 독려한다. 그러고는 등을 떠민다. 박기정
은 뚜벅뚜벅 걷는다. 얼굴은 눈물이 범벅이다. 고재민
에 가까워갈수록 흐느낌이 커진다. 자연스럽게 하라는
김오중의 호통이 떨어지고서야 눈을 질끈 감은 박기정
의 발걸음이 꽤 안정된 박자를 찾는다. 고재민 앞에 선
다. 박기정은 김오중을 힐끗 보더니 몸을 숙여 고재민
의 발 옆에 놓인 가방을 든다. 혹시라도 고재민의 발에
채이지나 않을까 염려되듯, 조심스럽게.
    꺅,
    박기정의 비명에 김오중도 놀라 소리친다.

    "왜 이래?"

    "갑자기 등을 치시면 어떡해요."

    "고 계장 가방도 이리 주라구"

김오중은 고재민의 가방도 멘다. 박기정이 김오중을 쳐다본다. 생기 잃은 눈빛이 그다음은 어떻게 할까요, 묻는다. 김오중은 아래턱을 들고 상하좌우로 몇 번 흔든다. 그러자 박기정이 혼자서는 힘들 것 같아요, 하고 고갯짓으로 대꾸한다. 김오중은 양쪽에 들고 있는 가방들을 바닥에 내려놓는다. 박기정은 고재민의 옆에서 업을 태세를 하고, 김오중은 고재민의 양쪽 겨드랑이에 손을 껴서 힘을 주어 들어보지만, 여의치 않은 모양이다. 고재민의 팔만 허공에서 두어 번 저어지고 만다. 고재민은 고삐를 당겨도 고집을 부리며 버티는 소처럼 모든 힘을 아래로 준 듯한 모양새다. 김오중은 다시 한 번 있는 힘을 다해 고재민을 박기정의 등쪽으로 들어 옮겨본다. 간신히 박기정의 등에 안착한 고재민의 팔다리는 아래로 쭉 늘어져 있다. 박기정이 휘청한다. 김오중이 잠시 바닥에 놓았던 가방을 모두 들고 앞장서 은행을 나간다. 한참을 먼저 나가다 뒤돌아서서 두 계장이 오는 것을 확인하고, 또 앞서가선 뒤돌아보기를 반복한다. 사무실의 모든 불을 끄고 출입문을 닫는다. 문을 잠그고 셔터를 내린 후, 건물 밖으로 나온다.

박기정이 낑낑대며 김오중을 뒤따라 걷는다. 꽤 깊은 밤이지만 은행 주변은 어둡지 않다. 은행 건물을 끼고 오른쪽으로 돈다. 김오중은 걸음이 다소 어색하다. 예측할 수 없는 새로운 시선들을 의식하는지 좌우로 불안하게 눈동자를 움직인다. 박기정은 시선을 김오중의 발뒤축에 고정한 채 뒤따라간다. 고재민을 업고 가는 것이 힘에 부쳐 보인다. 그나마 박기정이 고재민보다 키도, 덩치도 큰 것이 두 계장의 움직임을 안정돼 보이게 한다. 김오중이 검정색 제네시스에 대고 리모컨을 누른다. 삑.

제네시스는 조용히 떨기 시작한다. 시동을 켜고 다시 나온 김오중이 뒷좌석 문을 열어준다. 두 계장은 차 안으로 들어간다. 박기정은 뒷좌석에 자신의 엉덩이를 먼저 들이밀고 발은 밖으로 뺀 채 고재민을 등에서 떼어 그대로 눕힌다. 김오중이 반대쪽 뒷문을 열어 고재민의 상반신을 쭉 당긴다. 고재민은 뒷좌석을 통으로 차지하고 바로 눕는다. 고재민의 다리를 안으로 밀어 넣고 차 문을 닫은 박기정이 손가락으로 눈을 눌러 안에 박힌 물기를 찍어낸다. 김오중이 가자, 라고 짧게 말하고 조수석에 탄다. 박기정은 바로 타지 않고 바지

주머니에 손을 넣는다. 뭔가를 찾는 듯, 양복과 코트 주머니를 겉에서 스캔한다. 그때 김오중이 운전석 창문으로 파랗게 질려있는 〈클라우드9〉을 던져준다. 박기정은 담배를 한 개비 문다. 숨을 크게 들이 쉬고 내쉴 때마다 연기가 뭉텅뭉텅 나온다. 바람이 합세해 담배 한 개비는 금세 타버린다. 한 개비를 더 빼려고 담뱃갑을 거꾸로 세워 왼손바닥에 대고 친다. 그때, 휙~ 오른손을 치는 둔탁한 힘에 박기정이 소스라치게 놀란다.

홍 차장이다. 홍 차장은 비틀거린다. 머리부터 발끝, 심지어 혀까지 취해 흐느적거린다. 박기정이 흔들리는 팔을 붙들어 세우고서야 홍 차장은 바로 선다.

"인자 퇴근하나? 끄억. 보자, 와? 드라큘라 백작이지 술 마이 처묵었다고 인자 기사 노릇까지 시키나? 지점장만 사람대접 받는 드러븐 세상, 꺽. 대리운전은 불렀으믄 퍼뜩 올끼지 왜 이리 안 오노. 요것들도 내가 만년 차장이라꼬 무시하나. 마누라가 열두시 넘으면 쪼까낸다 켔는데, 우야노. 열두시에 만나요 부라보콘~"

제대로 꼬인 혀에 귀익은 멜로디까지 감는다. 박기정은 불안한 눈으로 구형 스포티지를 찾는다.

"차장님 차는 저기 있는데요"

그때, 김오중이 문을 열고 나온다.

"뭐해? 빨리 가자니까"

홍 차장은 눈을 곱뜬다. 못 볼 것을 본 사람처럼. 그러더니 과장된 추임새를 취한다.

"아, 이게 누구십니까. 존경하는 드라큘라 지점장, 아니 인자 본부장님 되실끼지. 그나저나 속은 괜찮으쉽니꽈. 오늘 마이 드셨다 아입니까. 박 계장, 우리 본부쫭님이 오늘 술에 취하셨는데 어찌나 귀여우신지 내가 홀딱 반했다아이가."

"이 사람 많이 마시더니. 대리 불렀지? 저기 오신 분 같은데 가보라구! 박 계장 갑시다"

김오중은 다시 조수석에 들어가 문을 닫는다. 박기정도 운전석 문을 연다. 홍 차장은 비틀거리는 손짓과 혓짓을 아끼지 않으며 제네시스 안을 들여다보더니 별안간 뒷문을 벌컥 연다.

"아이고 이 짧은 기럭지, 이게 누꼬. 우리 막내 고계장 아이가."

홍 차장이 고재민의 다리를 흔들며 반색한다.

"우리 고 계장 좀 그만 갈구소. 얼마나 속이 상하모 이래 마시고 맛탱이가 갔노. 죽은 듯이 자삐네. 하도 갈궈싼게 열받아서 참말로 죽어뿐 거 아이가"

"홍 차장, 그럼 주말 잘 쉬고! 박 계장, 뭐해? 당장 출발하라구!!"

"아따 고마 갈낍니다. 고 계장, 박 계장, 사랑한데이. 존경하는 지점장, 아니 본부장님 조심히 들어가이소. 아름다운 밤입니데이"

홍 차장이 문을 닫자마자 제네시스가 서서히 움직인다. 김오중의 차 꽁무니에 대고 홍 차장은 90도로 인사를 하고 또 한다. 차 안은 적막하다. 고재민은 잠꼬대도 없이 자고 있고, 김오중은 등을 의자에 기대고 앉아 조수석 사이드미러에 시선을 고정하고 있다. 박기정은 룸미러의 각도를 조정한다. 어떻게 움직여봐도 룸미러 안, 고재민은 자고 있다. 핸들을 잡은 박기정의 손이 바들바들 떨린다.

"지점장님, 죄송한데요… 저 운전 못하겠"

"그냥 해!"

차는 잠시 멈추는 듯하다가 다시 움직인다. 크게 흔들리면 안되는 무엇이라도 실은 듯.

"지점장님, 지금 혹시… 술… 취하신 건… 가요?"

"사람인지 시첸지 정도는 분간할 수 있어. 아직 멀었나?"

"그게 지금… 어디로 가야 할지…"

"갑자기 왜? 고 계장 집에 자주 드나들잖아!"

"지금이라도… 병원으로 가보는 게"

"병원? 그래 가, 가자고! 취해 자는 줄 알고 지금까지 방치하다 왔다? 기적적으로 살았다 쳐. 잘해야 뇌사겠지! 고 계장 부모가 자기 아들 살려줘서 고맙다고, 생명의 은인이라고 아주 좋아라 할 거야. 안 그래?"

"그러니까 처음부터 병원에 데려갔으면 되는 거였잖아요"

"데려가지 그랬어? 내가 도착하기 전에 말이야. 사람이 죽었는데 대체 박 계장은 뭘 하고 있었던 거지? 어쨌든 좋아. 가라구. 병원으로 가자고!"

"자꾸만, 뒤에서 벌떡 일어날 것만 같아서"

"정신 차리고 운전이나 똑바로 해. 자꾸 이러면 둘

사이에 진짜 무슨 일이라도 있었던 것이 아닌가 나도 의심할 수밖에 없다구. 도대체 지금 뭐가 불편한 거지? 술취한 동료를 집까지 데려다는 주는 게 뭐가 어떻다는 거야? 처음 있는 일도 아니잖아? 왜? 내가 같이 가는 것이 불편해? 그럼 난 내릴 테니 혼자 데려다주던지"

"뭐가 어떻게 되고 있는 건지 아무것도 모르겠어요. 왜 고 계장이 죽어야만 하는지도……"

"고 계장이 죽어야 한다고 생각하는 사람은 아무도 없어. 그런데도 죽었어. 우린 죽은 고 계장을 발견했을 뿐이고 말이야. 안타까운 일이지만 우리가 아쉬워하고 애통해한다고 해서 죽은 고 계장이 살아 돌아올 수 있을까? 나는 말이야, 직원들이 다 내 자식 같다구. 자식 하나가 죽었어. 비명횡사랄 수 있겠지. 그런데 애통한 마음에 죽은 자식 부랄 만지고 있다간 남은 자식까지 죽게 생겼어. 어떻게 해야겠나?"

"진짜 자식이라면 어떻게라도 살려보려고 했겠죠"

"내가 지금 자네를 살리려고 어떻게라도 하고 있다는 생각은 안 드나? 열 손가락 중 하나가 부러지면, 나머지 손가락들이 더 소중해지기 마련이거든."

"제가 사는 것과 죽은 사람을 아무도 없는 자취방에 데려다 놓는 것이 도대체 무슨 …"

"복잡하게 생각할 거 없어. 잠든 사람이라고 생각하면 간단해. 그게 자취방인 것은 자기 복일 테고 말이야. 고 계장이 시골 출신이라는 게 우리 잘못은 아니잖아?"

"솔직히… 자고 있는 상황은 아니잖아요"

박기정의 말끝에 울음이 묻어있지만 눈물이 흐르진 않는다.

"그렇다고 깨어있는 상황도 아니지 않아? 고 계장은 자고 있어. 얼마나 잘지, 이것이 영면(永眠)인지 그것까지는 따지고 싶지도, 따질 필요도 없는 거지. 우리는 오늘 밤 사무실에서 잠든 고재민 계장을 함께 집까지 데려다주고 있어. 그게 전부야. "

"······ 홍 차장님한텐 어떻게 말씀하실 건가요?"

"홍 차장? 초저녁 부터 술이 떡 된 놈한테 뭘? "

"CCTV는······ "

"회사 문턱 안에서 죽으면 산재다 뭐다 아주 시끄러워 지지만 장소가 집이면 사건이 될 리는 없지. 돌연사(突然死)는 사건이 아니라 사고일 테니까."

"도, 돌연사라뇨?"

"그럼 자살인가? 아니면 타살이야?"

박기정은 무언가 대꾸하려다 짧은 숨만 한 번 뱉고 만다. 제네시스는 천천히 어두운 골목길에 들어선다. 박기정은 연거푸 한숨을 토해낸다. 룸미러에 비친 박기정의 불안한 눈빛이 피곤에 절은 체념으로 바뀌고 있다. 그런 박기정을 힐끗 하더니 눈을 지긋이 감는 김오중은 평온해 보인다. 비로소.

좌회전을 하니 폭이 넓은 골목이 나온다. 두 집 정도 지나니 막다른 골목에 3층짜리 회색 건물의 정문이 바로 보인다. 정문 위에 소심한 크기로 '하나 오피텔'이라고 쓰여있다. '스' 라는 글자만 단명한 모양이다. 딱 하나 비어있던 주차칸이 기다렸다는 듯 제네시스를 맞이한다. 박기정이 사이드 브레이크를 힘껏 올린다.

"생각보다 훨씬 가깝군. 비밀번호는 알고 있지?"

"번호키 아니에요"

김오중은 고재민의 가방을 뒤지기 시작한다. 박기정은 핸들에 머리를 묻고 있다.

"아, 여기 있군. 들어가지, 아 잠깐만"

김오중은 오피스텔의 열쇠를 손에 든 채로 앉아 차창 너머의 주변을 살핀다. 건물 천장을 훑어보고 골목에서 있는 가로등 쪽도 고개를 쭉 빼고 본다.

"없는 것 같긴한데…, 박 계장! 일단 내려서 주변에 CCTV 있나 체크해봐"

박기정이 문을 열고 내린다. 이쪽 저쪽 분주히 몸을 움직이며 임무를 수행하곤 금세 차 문을 연다.

"없는데요"

"들어가보자구"

김오중이 차에서 내린다. 박기정은 하늘을 한 번 올려다보더니 아랫입술을 깨문다. 박기정이 먼저 뒷문을 연다. 다리 쪽이다. 누워있는 고재민을 눈으로 한 번 쭉 훑어본다. 고재민은 무표정한 낯으로 여전히 눈을 감고 있다. 피곤한 기색도 없다. 이번엔 반대편 문을 연 김오중이 머리부터 아래로 쭉 한 번 훑는다. 김오중은 상반신을 뒷좌석 쪽으로 깊숙이 넣어 고재민의 양겨드랑이에 손을 끼고 끌어낸다.

억. 김오중의 낮고 깊은 숨소리가 찬 공기에 얼어붙음과 동시에 고재민은 대기하던 박기정의 등 위로 옮겨진다. 휘청한다. 김오중이 고재민의 둔부를 받쳐

주자 비로소 박기정이 안정된 자세가 된다. 박기정은 거친 숨을 조심스레 쉬며 무거운 걸음을 뗀다.

김오중은 트렁크를 연다. 트렁크엔 사과 상자와 작은 여행용 가방이 놓여있다. 김오중은 여행용 가방을 꺼내 바닥에 살짝 내려 놓는다. 박기정은 오피스텔 현관문 앞에 멈춰선다. 김오중은 재빠른 걸음으로 가 현관문을 열고 선다. 아주 낮은 음성으로 몇 층인지 묻는다. 박기정은 바로 우측을 가리키는 고갯짓과 입 모양으로 여기요, 한다. 몇 발짝 떼지 않고도 102호 문 앞에 도착한다. 김오중이 다시 한번 확인한다. 잔뜩 긴장한 표정의 박기정이 고개를 짧게 끄덕인다. 김오중이 손에 들고 있던 열쇠를 넣어 돌린다. 딸깍. 김오중은 문을 열고 들어 가 불을 켠 후, 박기정이 들어가도록 문을 젖혀준다.

"뉘이고 있어"

어디 가시게요, 하는 박기정의 말은 바삐 닫힌 102호 문에 부딪혀 흩어져버린다. 쭈뼛하던 박기정이 침대를 향해 걸어간다. 다리가 심하게 후들거린다. 박기정은 침대를 등지고 몸을 낮추어 무게중심을 뒤로 옮겨본다. 그러나 너무 조심스러워 등에 붙은 고재민을 떼어내기엔 역부족이다. 이번엔 침대에 앉은 자세로 서서히 등을 젖혀본다. 그때 덜컥, 문이 열린다.

"아, 깜짝이야"

놀란 박기정이 고재민을 업은 채로 벌떡 일어난다.

"아직도 그러고 있나? 나 원 참"

김오중이 재빠르게 들어가 고재민을 조심스레 떼어낸다. 고재민은 비로소 침대에 눕는다. 김오중이 고재민의 자세를 교정한다. 몇 번의 움직임 끝에 고재민은 머리부터 발끝까지 반듯하게 눕는 자세가 된다.

"담배 있지?"

침대를 멀찍이 떨어져서 쭉 훑어보며 김오중이 묻자, 몸을 풀던 박기정이 자신의 주머니를 뒤져본다.

"차에 두고 왔나? 가져올까요?"

김오중은 답이 없다. 박기정은 몸풀기에 여념 없다. 고개를 숙였다 들었다, 허리와 어깨를 두들기다 주무르다 한다. 김오중은 방을 둘러본다. 살림은 단출하다. 낡은 싱글 침대 하나, 그 옆엔 세 개의 서랍이 종렬로 있는 작고 낮은 서랍장이 있고, 그 위에 왠지 화면도 흑백일 것 같은 구식 텔레비전이 놓여있다. 텔레비전 맞은 편엔 키 작은 냉장고가 서 있고, 냉장고 옆으론 긴 행거가 벽 끝까지 놓여있다. 행거엔 양복 몇 벌과 와이셔츠들, 청바지와 티셔츠들도 각각 옷걸이에 걸려 있다. 바닥엔 반바지와 속옷들이 잘 개켜있다. 냉장고 위엔 비타민과 피로회복제가, 물기 없는 싱크대 위엔 수저 한 벌이 놓여있고, 아래엔 드럼 세탁기가 빌트인 되어 있다. 욕실 문은 열려 있고, 끝까지 젖혀진 욕실 문이 창문과 닿아있다. 창문 아래 티비가 있고 그 오른쪽에 침대가 있고, 침대 머리엔 두꺼운 책들이 몇 권 놓여있다. 침대 아래, 몸통이 반으로 잘린 페트병엔 꽁초들이 수장되어있다. 다시 침대 머리를 살핀다. 탑처럼 쌓인 책들 옆에 리모컨이, 그 옆에 담배가 있다. 〈레종〉과 라이터가 나란히 놓여있다.

"천국으로 가는 마지막 계단은 사라지고, 존재의 이유만 남았군. 어디 그 이유나 한 번 음미해볼까?"

김오중은 〈레종〉을 하나 꺼내 물고 불을 붙인다. 한 개비를 꺼내 침대 난간에 앉아 두 손으로 얼굴을 가리고 앉아있는 박기정에게 건넨다. 담배와 라이터를 건네받은 박기정은 불을 붙이려다 말고 창문을 연다.

"문 닫아"

김오중이 날카로운 목소리를 낸다.

"무슨 고등학교 뒤편이에요. 벽하고 나무 밖에 없다구요"

"그거 다 피면 고 계장 옷이나 벗겨"

김오중과 박기정은 서로 눈을 마주치지 않고 담배를 핀다. 페트병에 재를 털던 김오중은 좌변기 안에 꽁초를 넣고 물을 내린다. 박기정은 창밖을 보며 담배가 짧아질 때까지 태운다. 담배를 창밖에서 떨어 끄고는 한숨을 크게 내쉰다. 이내 좌변기에 버리고 물을 내린다. 김오중은 티비 서랍장 왼쪽 옆으로 몇 줄 쌓여있는 책 꾸러미를 본다. 몇 줄은 노끈으로 묶인 채로 있다. 대부분 경제학 서적이다. 묶여있지 않은 것 중 두어 권을 꺼내 훑어본다. 처음부터 끝까지 색펜으로, 형광펜으로 줄이 꼼꼼하게 쳐있다. 덮어 제자리에 둔다.

"근데 이상하지 않아요?"

어느새 메리야스와 트레이닝 바지 차림이 된 고재민에게 '누리은행' 로고가 박힌 곤색 상의를 입히던 박기정이 잠시 손을 멈추고, 고개를 갸웃거리며 김오중을 향해 묻는다.

"원래 사람이 죽으면 뻣뻣하게 굳는 거 아니에요? 누군가 맘대로 움직이지도 못할 만큼. 근데 고 계장은"

방을 기웃거리며 책과 노트를 들춰보던 김오중은 시큰둥한 표정이다.

"그렇잖아요, 지점장님. 딱딱하게 굳고 얼음장처럼

차갑잖아요, 그런데 그다지 차가운 느낌은 없는데"

순간, 박기정이 으악, 하며 침대 밖으로 튀어나온다.

"뭐야?"

"아니… 팔을 넣고… 지, 지퍼를 올리는데 제 등을
탁…"

박기정이 파르르 떤다.

"정신 차려! 노닥거릴 시간 없다구"

"여기… 여기에 분명히 탁… 지금도 그 느낌이…"

"그래서? 누가, 누가 친 건데? 분명하게 말해주지.
고 계장은 죽었어. 죽은 게 확실하다구. 사후강직은 보
통 두어 시간 후부터 시작돼. 죽자마자 온 몸이 굳는
건 아니야. 게다가 기온이 낮을 때는 경직이 더디게 되
지. 궁금하면 밤새 기다리며 체크해보던지. 곧 있으면
얼굴부터 굳을 거야. 서서히 아래로 뻣뻣해질 테고. 등

을 쳤다… 내가 쳤나? 딴 사람도 아니고 박 계장을 등 쳐먹을 계획은 아직 없는데 말야"

박기정은 다시 침대 쪽으로 걸어간다. 침대 주변에 고재민이 벗은 옷을 주섬주섬 챙겨 행거 아래에 접어 둔다. 김오중은 상 위에 놓여있던 고재민의 다이어리를 넘겨보고 있다.

"이제 저는 뭘해야 되죠?"

"글쎄, 남의 집에서 할 게 뭐 있겠어?. 자는 사람 뉘 었으면 됐지"

김오중은 여유로운 표정으로 고재민의 다이어리를 덮어 상 위에 다시 올려놓는다. 침대에 누워있는 고재 민의 목에 손을 대어보곤 작은 소리로 읊조린다.

"깰 리는 없겠군"

김오중은 방 안을 휘 돌아본다. 대충 한 번, 그리고 세세하게 뜯어본다.

"박 계장, 페트병은 창틀에 올려두고, 창문을 활짝 열어"

"너무 추울텐데요?"

"누가?"

박기정은 우물쭈물하다 잠자코 침대 아래에 있던 꽁초 페트병을 창틀에 올리고 창문을 활짝 연다. 김오중은 현관에 있던 여행용 가방을 끌어 행거 옆에 세워둔다.

"그건 뭐죠?"

"글쎄, 문 앞에 있던 건데 걸리적거려서 말이야. 묵은 짐 같은데 침대 밑이 낫겠어. 이것 좀"

"들어올 땐 못 본 거 같은데"

박기정의 말꼬리가 힘없이 흩어진다. 박기정은 여행용 가방을 뉘여 침대 밑에 밀어 넣다가 코를 킁킁 거리며 인상을 찌뿌린다.

"역하네요. 돈 냄새처럼. 담배 한 대 펴도 될까요?"

"나도 속이 좋지 않아. 일단 나가서 피자구."

김오중은 성큼성큼 나간다. 박기정은 침대 위를 본다. 고재민은 고단했는지 깊은 잠에 빠져있다.

"고재민씨…… 잘 자."

박기정은 조용히 인사하고 현관 쪽으로 걸어간다.

"지점장님, 방 불은 끌까요?"

"아니, 그대로 두는 게 낫겠어. 고 계장 혼자 얼마나 무섭겠나. 안 그래?"

"그런데 지점장님, 이제 고 계장은 어떻게 되는 거죠?"

"글쎄. 주말에 푹 쉬고 월요일에 무단결근을 하지 않을까 싶군. 뭐 어떻게든 물 흐르듯이 자연스럽게 흘러가겠지"

"제가 무슨 짓을 한 건지, 아직도 잘 모르겠어요"

"어디 가서 술이나 한잔 하지"

박기정이 고개를 푹 숙인 채 신발을 신는다. 문을 열고 나가는 김오중의 뒤를 힘없이 따라 나간다.

쿵.

현관문이 닫히고, 조심스럽게 꾹꾹 눌러 찍는 발자국소리가 차츰 멀어진다. 열린 창틈으로 들어온 초 겨울의 찬바람이 피식대며 방 안을 기웃거린다.

거짓, 날다

가깝지만 닿을 수 없었다.
출입금지,
그 안에 갇혀버린 얼굴들이 하나하나 스쳤다.

택배가 왔다. 보낸 사람과 받는 사람 이름이 같았다. 엄마였다. 이게 뭐지? 엄마는 답이 없었다. 초인종 모니터에 택배 기사가 비쳤을 때부터 엄마는 딴청이었다. 집으로 오는 택배는 엄마 것이거나 내 것이었다.

엄마, 열어봐도 돼?

한숨마저 없었다면 못 들은 줄 알고 다시 물어봤을 것이다. 테이프를 손으로 뜯을 수도 있었지만 짐짓 요란스럽게 주방에서 가위를 가져왔다. 엄마는 여전히 말이 없었다. 어디서 보내온 무엇이길래 심기가 편치 않은 걸까. 얼른 열어보고 싶었다. 테이프에 가윗날을 대니 상자가 쉽게 열렸다. 옷더미의 제일 위엔 작고 앙

증맞은 개나리색 원피스가 활짝 펴 있었다. 들춰보지 않아도 알 수 있었다. 지난주 언니네 집에 갔던 엄마가 상경하기 전에 보낸 것이리라. 무슨 말을 꺼내야 할지 몰라 머뭇거리는데 엄마가 입을 열었다.

니가 버리든 누굴 주든 해라.

언니도 알아?

그럼 알지. 내가 다 버린다고 했다.

진짜 버려?

버리든 어쩌든 니가 알아서 좀 해봐.

아니 왜 이걸 나더러 알아서 하래!

나는 버럭 소리를 질렀고, 엄마는 방으로 들어가 버렸다.

상자를 내 방으로 옮겼다. 내용물은 무겁지 않았지

만 묵직한 마음이 행동을 더디게 했다. 조심스레 상자를 열었다. 세현이의 옷이 가득 들어 있었다. 아직 입지도 않은 내복들과 택을 떼지도 않은 새 원피스, 바지, 겨울 코트. 돌 선물로 내가 사준 와인색 공단 원피스도 있었다. 가슴팍에 진주 모양의 단추 세 개가 눈물처럼 박혀있었다. 초등학교 입학식에나 입힐 수 있겠다며, 번번이 사이즈 개념 없이 선물하는 나를 언니가 쾌활하게 타박했었다. 세현이는 말수 적은 형부를 딸바보로, 어린 애를 좋아하지 않는 나를 조카 바보로 만들어준 사랑스러운 아이였다. 걷기 시작하고 어설프게나마 문장을 말하기 시작하면서는 더 자주 전주에 갔다. "웜모 이디와"를 거절하기가 쉽지 않았기 때문이다. 이모라는 발음이 어려운지 나를 '웜모'라고 부를 때 동그랗게 오므려진 입술이 특히 귀여웠다.

마지막으로 본 게 4개월 전이었다. 감기려니 했는데 고열이 계속되고 이마를 손으로 콕콕 찍어대며 두통을 호소하던 세현이가 병원에 입원했다. 조그만 손등에 링거를 꽂고도 짝짜꿍 율동을 완벽하게 소화했다. 전송된 동영상이나 사진만 봐서는 전혀 아픈 아이 같지 않았다. 병원에서도 특별한 이상이 없으니 열만

잡히면 퇴원하자고 했는데 열은 쉬이 떨어지지 않았다. 주말에 내려가마 약속했는데 장례식장이 될 줄은 꿈에도 몰랐다. 입원 5일째 되던 날 세현이는 경련을 일으키다 혼수상태가 되었고, 다른 병원으로 옮겨져 응급수술을 받았지만 심장마저 정지되었다. 사인은 급성 뇌종양과 뇌부종이었다.

두 번째 상자에는 세현이가 즐겨 입었던 실내복과 신발, 장난감이 들어 있었다. 세현이는 양가 첫 손주여서 사랑을 듬뿍 받았다. 옷이나 육아용품을 선물해 주는 사람도 많았다. 뽀로로 인형과 동물 소리 책은 내가 사준 것이었다. 옷가지와 장난감을 보니 세현이가 상자 안에서 놀고 있는 것 같은 착각이 들었다. 과연 버릴 수 있을까. 언니한텐 모두 버리겠다고 해놓고 집으로 보내온 엄마의 심경도 짐작이 되었다. 문득 언니가 보고 싶어졌다. 언니는 세현이의 죽음이 자신의 탓이라고 자책하다가 이내 담당 의사를 향해 분노했다. 멀쩡했던 아이가 입원 중 사망한 사실을 받아들이기 힘들어 하며 의료진의 책임을 묻는 소송을 도모하기도 했다. 형부의 친구인 변호사가 의료 소송에서 이길 수 없는 이유를 나와 형부에게 찬찬히 설명해주었고, 나는 언니를 단념시켜야 했다. 말이 통하지 않는 언니를 설득하는 것은 쉽지 않았고, 그날 이후 언니와 서먹해졌다. 이유를 콕 집을 수는 없지만, 나는 화가 날 만큼 답답했고, 언니는 섭섭했을 것이다. 언니가 낸 휴직계는 회사의 배려로 반려됐다. 하지만 한 달이 지나면서 회사에선 정상 출근을 권고했고, 시간이 흐르면서 종용하기에 이르렀다. 그래서 다시 출근하기 시작한 게 두 달 전이다. 엄마는 몸이 아픈 언니 때문에 2주간 전주에 있다가 엊그제 올라왔다. 세현이의 21개월을 택배에 실어 보내고서 말이다. 너무 짧았다. 배 속에 품고 기다린 시간까지 합해도 30개월이었다, 그보다도 몇 곱절 더 긴 시간을 언니는 아파할지도 모르겠다. 그런데 벌써 잊으라고만 하는 사람들이 야속할 수도. 그에 견줄 만한 성질의 것은 아니지만,

P와 만난 건 3년, 헤어진 지는 1년이 좀 넘었다. P는 정말 나쁜 놈인데도 나는 아직 그의 어떤 흔적도 버리지 않았다. 미련이 남은 건 아닌데, 이별을 인정하고 받아들일 시간이 더디게 흘렀다. 연락할게, 가 마지막 말이었지만 문자 한 통 보내온 적이 없었다. 앞으로도 그럴 거라 생각하면 그는 세현이보다 더 멀리 가버린

사람이었다. 죽었다고 생각해도 다를 게 없었다. 어쩜 그동안에 죽어 버렸는지도. 습관처럼 그의 SNS를 살폈다. 혹시 나를 향한 메시지가 암호처럼이라도 남겨질 수 있다는 기대를 접은 지는 이미 오래지만 들를 때마다 씁쓸한 건 어쩔 수 없었다. 5년 전 반짝하고 사라진 걸그룹, 페어리즈의 뮤직비디오가 P의 마지막 포스팅이었다. Flying duck. 이 뮤직비디오 만큼은 노랫말과 멜로디, 멤버들의 모습까지 눈에 훤할 만큼 익숙했다. 데뷔곡이자 은퇴곡이 된 Flying duck이 Lying duck이란 조롱을 받으며 그룹이 해체된 사연을 P한테 들은 적이 있는데 정확히 기억할 순 없었다. 어쩜 거짓말하며 사라진 오리가 그였는지도 몰랐다. 세현이의 물건들을 보고 있자니 플라잉덕이 세상에 이별을 고하는 노래로 들렸다. 세현이도 그도, 반짝 하고 사라진 춤추는 여자들도 다 죽어버린 기분마저 들었다.

'날 알고 있나요. 날 믿고 있나요. 당신 눈에 비친나, 난 낯설기만 한 걸요. 날 다시 봐요. 날고있어요. 플라잉덕 플라잉덕'

카톡카톡. 정적을 깨는 문자 알림에 나는 얼른 휴대

폰을 집어 들고 쏘아보는 몇몇 눈빛에 사과했다. J였다. 스터디 멤버 두 명이 충원되었으니 넷이서 다시 시작하자는 문자였다. 기존 멤버 중 두 명이 임용고시에 합격해서 스터디를 나갔다. 며칠이나 됐다고 그새 다시 일어나다니, J와는 영영 가까워질 수 없을 것이다. 5년간 번번이 고배를 마신 나는 며칠째 진지하게 고민하고 있었다. 나는 정말 교사가 되고 싶은가. 왜 되고 싶은가. 시험에 대한 미련인가 교사에 대한 미련인가. 이번엔 진동으로 울린 휴대폰, 새로 들어올 멤버의 스펙이 전송되었다. 멤버가 좋다고 콩고물이라도 떨어질 줄 아나. J는 순진한 구석이 있다. 그녀는 우리 스터디에 대한 자부심이 강했다. 매해 합격자가 꾸준히 나온다는 사실을 자랑스러워했다. 자신에 대한 희망적 메시지로 받아들이는 모양이었다. 첫해 P가 단박에 합격했을 때도 첫 테이프를 끊어준 점에 고마워했다. P와 내가 연인이 되었고, 우리가 스터디를 중심에 두고 사랑을 키우고 이별을 하는 동안의 많은 일들은 전혀 알지 못했다. J의 관심은 오직 임용고시에 고정되어 있었다. 나는 중간중간, 기간제 경력을 쌓기도 하고 학원 자습실을 관리하는 아르바이트를 하기도 했는데, J는 한눈 한 번 판 적이 없다. 그렇게 열심히 하는데도 성적은 별로였지만, 주눅이 들지도 않았다. 지금도 나를 더 위로하는 꼴이라니, 너나 잘하세요. 무시하고 싶었지만 주책맞은 문자가 또 오면 아이들한테 방해가 될까봐 답장을 얼른 해버렸다.

자습실 알바 중이야.

아, 깜박.

저녁 시간에 자습실 앞으로 딱 갈게 밥 먹자.

여섯시가 되어 출입문을 열고 나가자마자 J가 정말 딱 지키고 서 있었다. 마뜩잖았지만 학원 앞 분식집에서 함께 순두부찌개를 먹었다. J가 내 눈치를 살피고 있었지만 모른 체 했다. 그녀가 얼마 전 갑자기 죽은 가수 M을 화제 삼았다. 나는 학창 시절 그의 음악이 얼마나 큰 위안을 주었는지 장황하게 말했다. J는 그의 팬은 아니지만 안타까운 마음으로 사후 진행되고 있는 의료분쟁을 관심갖고 지켜보는 중이라고 했다. 해당 병원 게시판에 진실을 규명하라는 항의글을 남겼다가 삭제된 일을 말하며 분개하기도 했다. 멀쩡한 사람은 죽고 그를 죽인 의사가 살아있는 건 말이 되지 않는다고도.

설령 의료행위에 의사의 실수가 있었다 하더라도 그게 전적으로 사망의 원인이 되었다고 볼 수는 없다더라. 죽음이 그리 간단한 문제가 아니겠지

나는 세현이의 의료사고 소송을 담당할 뻔했던 변호사한테 들은 이야기를 그대로 전했다. J는 그간 밝혀진 사실들을 전해주며 증명된 사실들이 다 모이면 진실이 드러날 것이라고 전망했다. 화제를 돌리고 싶어, 애서 피해오던 말을 내가 먼저 꺼냈다.

스터디를 시작할 생각이 아직은 없어.

J는 내가 슬럼프에 빠졌다고 진단했다. 그것을 극복하고 성공한 기존 스터디 멤버들의 이름을 거론하며 나를 격려했다. 거기에 P의 이름도 있었다. 마치 J는 나보다도 그를 잘 아는 듯 말했다. 아울러 나더러 임용고시에 매진하기 위해 기간제도 관두었던 그때 마음을 기억하라는 말도 잊지 않았다. 기간제를 관둔 이유라…. J는 정말 따뜻한 사람이다. 그런데 그게 공허한 온기일 수밖에 없는 이유는 무슨 일이든 표면만 알지

실상은 전혀 모르기 때문이다. 보이는 것이 진실이라고 믿는 건지 진실 따위엔 관심이 없는 건지 그건 알수가 없지만 나와는 계속 겉돌 것이라는 점만은 분명히 알 수 있다. 그 조차도 J는 모를 테지만.

컴퓨터 책상 아래에 있는 상자를 볼 때마다 마치세현이가 쪼그리고 앉아 있는 것 같아 심장이 쿵 내려 앉았다. 그때마다 언니가 생각났지만, 통화는 하지 않았다. 카톡을 열고 여전히 세현이 사진이 프로필인 언니를 클릭했다.

새우가 든 순두부를 보니 언니가 생각났어. 밥 잘먹고 다녀!

답을 기대하지 않았는데 바로 회신이 왔다.

나, 상담 시작했어. 잘 이겨내고 있으니 너무 염려말아.

그래 언니 잘했어.

하트 모양의 이모티콘도 전송했다. 언니가 상담 받는다는 말에 엄마가 반색했다. 그게 다 세현이 물건을 치웠기 때문이라고 했다.

사람 맘이 참 그래. 나도 네 아빠 옷 다 정리하고 나니까 그제서야 진정이 되더라. 아쉬워하면 죽은 사람도 맘 편히 못 가는 법이고 그럼 남은 사람도 힘들어지기 마련이거든. 세현이 물건 아직 그대로지? 말 나온 김에 지금 갖다 버리자

나는 따로 주기로 한 사람이 있다고 둘러대고 방에 들어왔다. 이상하게도 쓰레기통에 버리는 것만큼은 하고 싶지가 않았다.

메일함을 열었다. 내가 보낸 메일이 새벽 4시 5분에 읽음으로 표시가 되어있었지만 답신은 없었다. 메일을 읽고도 아직 마음의 결정을 못했거나 불쾌했거나 혹은 이메일 주소가 틀렸는지도 몰랐다. 글을 올린 건 sks(게시글에 공개된 아이디가 거기까지였다)였고, 그녀의 이메일 주소는 도반이라는 댓글러가 공개했다. sksmsqorwh, 하지만 얼마 후 sks의 요청에 따라 메일계정이 적힌

댓글은 지워졌다. 다행히 나는 지워지기 전에 메모해 두었기에 메일을 보낼 수 있었다. 세현이의 죽음과 옷, 신발 등에 대한 설명과 찜찜하지 않다면 보내주겠다는 내용이었다.

회원 수가 많은 여초 커뮤니티 베스트 글에 오른 sks의 글은 충격적이었다. 생활고로 인해 자살을 고민하고 있는 미혼모의 사연이었다. 하루하루 끼니 걱정을 하며 두 돌이 갓 지난 딸을 키우고 있는 젊은 엄마라고 자신을 소개했다. 이십 대 초반에 일을 하다 만난 남자와 깊은 사랑에 빠졌으나 알고 보니 유부남이었고 그때문에 일자리를 잃었지만 사랑은 지속했다고 했다. 사랑에 헌신적인 남자와 몇 해 동거를 했고 그 남자만을 의지하며 행복했다고도. 하지만 아이가 태어날 무렵 남자는 약간의 돈만 남겨두고 종적을 감추었다는 것이다. 동거하던 집의 보증금 조로 맡겨진 두 달 치 월세를 빼서 아이를 낳고 지금까지 사글세방을 전전하며 살아온 사연이 담담하게 적혀있었다. 돈을 벌고 싶지만 여러모로 사정이 여의치가 않다고 했다. 절망 속에 자살을 고민하면서도 딸에 대한 책임감과 죄책감 때문에 갈등할 수밖에 없는 한 엄마의 고통이 잘 담겨

있었다. 아이와 동반자살도 시도한 적 있다며, 자신을 욕해달라고 했다.

댓글이 속속 올라오며 금세 베스트 글이 되었다. 죽고 싶다는 글이지만 고졸에 어린 아이를 데리고 할 수 있는 돈벌이가 뭐가 있을지를 묻는 문장도 있었고, 자신이 죽으면 아이를 맡아줄 기관이 있을지를 묻는 문장도 있었다. 보통은 의미가 상충하는 내용이 있으면 네티즌들로부터 진실성을 의심받기도 하는데, 복잡한 심경으로 읽혀 진솔하게 다가왔다. 꼬리를 무는 댓글은 응원 일색이었다. 어떻게든 도움을 주고 싶다는 따뜻한 내용이 이어지는 초반 댓글엔 sks가 일일이 응대하기도 했다. 격려에 대한 감사와 도움을 주겠다는 내용엔 에두른 거절이었다.

어느덧 원글에 추가 내용이 올라왔다. 관심 갖고 조언해주는 이들에 대한 고마움 표명과 계좌번호나 집주소는 알려줄 수 없으니 마음만 받겠다는 내용, 이메일 계정이 더 이상 퍼지지 않게 해달라는 당부가 있었다. 나처럼 메일을 보낸 사람들도 꽤 있는 눈치였다.

새로 올라오는 댓글들을 살폈다. 유부남과의 불륜이 낳은 자업자득이라는 식의 악플도 이따금 있었지만 원색적인 비난은 없는 편이었다. 마치 지금 아이를 안고 한강 다리에서 뛰어내릴 태세의 여자를 지켜보고 있기라도 한 듯 어린 엄마를 타이르고 회유하는 내용이 대부분이었다. 또 그런 상황에서도 아이를 포기 하지 않고 지켜내려는 모성애를 칭찬하기도 했다.

한때 비밀연애를 하며 일어나는 소소한 고민들을 글로 올린 적이 있었다. 혹시라도 내가 드러날까 조심스러워 돌아가신 아버지의 계정을 이용했다. 이별 직후 다소 감정적으로 올린 글에 힘내라는 댓글들이 그렇게 고마울 수가 없었다. 그런데 갑자기 찬물을 끼얹는 댓글이 올라왔다. 계정을 추적해보니 글쓴이는 산악회 다니는 50대 중년 남자더라, 그러니 속지 말라며 젊은 여자들의 환심을 사려고 글을 지어내는 변태라고 힐난했다. 아버지가 산악회에서 글을 남긴 적이 있는 모양이었다. 일부는 맞고 일부는 틀렸지만 변명할 마음은 없었다. 혹시라도 문제가 더 커질까 봐 나는 얼른 글을 지워버렸다. 고인이 된 아버지를 욕보인 것 같기도 했고, 여기저기서 나를 감시하는 것 같아 겁이 나기도 했다. 여전히 나는 아버지 계정으로 이런 저런 사이트를 둘러보지만 댓글 하나 남기는 법이 없다. 물론

sks에게 보낸 메일도 아버지의 계정이었다. 죽음을 고민하는 여자가 그 계정을 파헤치는 일은 없을 터였다. 그래도 괜한 오지랖은 아니었을지 잠시 후회도 스쳤다. sks의 딸이 세현이와 비슷한 또래만 아니었어도 인터넷 글에 반응하는 일은 없었을 것이다.

메일이 왔다. sks였다. 세현이를 잃은 언니와 나를 걱정했다. 세현이 물건을 보내주면 너무 고맙게 잘 쓰겠다며 주소를 남겼다. 신림동에 있는 슈퍼마켓이었다. 거기로 보내주면 자기가 찾아가겠다고 택배는 후불로 해달라는 말도 덧붙였다. 나는 곧장 회신했다. 날이 밝으면 보내겠노라고, 택배비는 신경 쓰지 말라고 했다. 보내자마자 수신확인을 하니 금세 읽음으로 표시돼 있었다.

아침 일찍 집 앞 편의점으로 갔다. 유산균 젤리가 눈에 띄었다. 언젠가 세현이 먹으라고 사줬다가 언니를 기함케 했던 젤리였다. sks의 딸도 아직 이걸 먹지는 못할 터였다. 그제서야 아차 싶었다. 끼니를 걱정할 정도로 많이 어려운 사람인데, 단돈 얼마라도 봉투에 넣어줄 생각을 미처 못했던 것이다. 지갑 안엔 현금이

2만 3천원 있었다. 현금지급기가 있었지만 족히 1천원은 될 수수료가 아까웠다. 흰색 편지 봉투를 사서 2만원을 넣었다가 나머지 3천원까지 다 넣었다. 겉봉에 아이 과자라도 하나 사주세요, 라고 적어서 노란 원피스 위에 넣고 상자를 다시 봉했다. 택배를 부쳤다. 그녀가 물건을 받을 곳 역시 슈퍼마켓이 아니던가. 얼마 되지 않는 돈이지만 거기서 필요한 뭔가를 구입할 수 있을 것이었다. 편의점을 나오는데 빈 지갑이 왠지 뿌듯했다.

자습실에서도 책을 안 본 지 꽤 됐다. 한쪽 귀가 먹통인 이어폰을 끼고 다운 받아둔 영화를 봤다. 한쪽 귀는 알바에 충실해야 하므로 열어두고 있었다. 죄다 코미디 장르이지만 자습실인 걸 의식해서 웃음을 삼켜야 될 위기가 며칠간 단 한 번도 없었다는 사실이야말로 코미디였다. J가 스터디에 대한 문자를 종종 보내왔지만 무시했다. 작전을 바꿨는지 기간제 정보를 주기 시작했다. 대응할 마음이 없었다. 별안간 그녀야말로 슬럼프인 것은 아닐까 하는 생각이 들었지만 내가 신경 쓸 일은 아니었다. 자습하던 한 아이가 수학 문제집을 들고 왔다. 어렵지 않은 문제였는데 설명을 해줘도 알아듣지 못한 눈치였다. 하지만, 이제 알겠지? 하니 고개를 끄덕이고 들어갔다. 방학인데도 아침부터 학원 자습실에 나와 공부하는 아이들을 보고 있자니 기간제로 일하던 때가 생각났다. 나는 학교로 다시 갈 수 있을까?

P는 인기가 좋은 교사였다. 같은 학교가 아니어서 확인할 길은 없었지만, 인기가 없을 이유도 딱히 없어 보였다. 얼굴선이 굵어 무뚝뚝해 보이지만 성격은 다정 다감했고 무엇보다도 낮은 목소리가 좋았다. 인터넷 카페에서 결성한 스터디 멤버들끼리 처음 만난 자리에서도 그의 구김살 없음이 분위기를 화기애애하게 이끌었다. 성실하고 똑똑한 그는 바로 그 해, 합격을 했다. 우리가 연인이 된 것은 그 무렵이었다. 이듬해, 그 다음해에도 내가 낙방하자 그는 나를 도닥이며 기간제 교사를 추천해 주었다. 첫 학교에선 한 학기로 끝이 났지만 그 경력으로 다른 학교에 갈 수 있었고, 육아 휴직으로 빈 자리라 꽤 오래 할 수 있으리라 기대했는데, 6개월 만에 원래 주인이 돌아왔다. 그리고 그즈음 P와도 헤어졌다.

비밀 연애였으므로 실연에 대한 쓸데없는 관심이나 동정을 받지 않아도 되는 점은 나쁘지 않았다. 어쩌면 비밀 연애는 이별을 위해 특화된 사랑의 방식인지도 몰랐다. 비밀 연애는 내가 제안한 것이었다. 그와 나의 공통된 커뮤니티는 스터디 그룹 뿐임에도 비밀에 부치자고 제안했던 이유는 오직 J 때문이었다. 그를 좋아한다는 J의 귀띔이 우리의 연애보다 최소 두 달은 앞섰으므로. 여전히 J는 아무 것도 모르지만 미안하지는 않았다.

택배를 보내고 며칠이 지났을까. 짤막한 메일이 왔다.

잘 받았습니다. 아이가 더 좋아하네요. 사진이라도 보내고 싶은 심경이지만 그럴 수 없음이 죄송합니다. 보내주신 봉투도 염치없게 받았습니다. 열심히 살겠습니다.

답장을 하려다 너무 생색내는 것 같아서 말았다. 그녀가 올렸던 글은 또 내용이 추가되었다. 꽤 길었는데 어리석었던 자신을 반성하는 기회가 되었다고 했다. 많은 사람이 도움을 주어서 몇 년간은 아이 옷 걱정 없이 살 수 있게 되었고, 쌀이며 반찬을 보내준 이도 있다고 했다. 적어도 봄까진 그 집을 떠나지 않아도 될 정도의 경제적 도움도 받았다고, 자신의 만류에도 도움에 앞장서 준 도반님께 특별히 감사하다고도 했다. 도반, sks의 이메일 계정을 잠시 공개했던 댓글러였다. 내 이름은 언급되지 않았지만 섭섭하지 않았다. 자신의 집 주소를 공개할 수 없어서 양해를 구하고 근처 가게를 통해 받았는데 주인에게 더 이상 신세 지고 싶지 않으니 더 이상은 아무 것도 보내지 말아 달라고 했다. 아직 세상이 살 만하다고 진심으로 느꼈고 보답할 수 있도록 열심히 살겠다고도. 댓글을 보려고 했을 때 그새 원글이 지워지고 없었다. 다음 날 글을 삭제할 거라더니, 내가 늦게 본 탓이리라. 그래요, 잘 살아요. 마음으로나마 나는 진심어린 응원을 보냈다.

P의 SNS는 여전히 죽어있었고, 그 안에서 오리만 날고 있었다. 뭘 기대한 건 아니었으므로 괜찮았다.

아침부터 분주했다. 나는 대청소를 했고, 엄마는 전날 재운 갈비를 쪘다. 한 솥엔 쇠고기미역국을, 작은 냄비엔 언니만 먹는 홍합 미역국을 따로 끓였다. 팔보

채와 해물파전 반죽을 냉장고에 넣어두었다. 언니 부부가 주말에 상경하겠다는 의사를 전했을 때부터 엄마는 내내 들떠 있었다. 생일상을 손수 차려야 하는 엄마가 나보다 더 기뻐하니 할 말이 없었다. 엄마의 계산보다 20분 가량 늦게 언니와 형부가 도착했다. 그런데 언니의 얼굴이 몰라보게 수척해 있었다. 외투를 벗으니 깡마른 몸매가 더 도드라졌다. 엄마를 힐끗 보니 어느새 웃음기가 빠진 염려스러운 표정이었다. 많이 먹으라는 말에 형부는 내년엔 사위가 끓여주는 미역국을 맛보게 해주겠다며 넉살 좋게 웃어 보였다. 맛이 좋다는 형부의 간간 추임새가 민망할 만큼 여자 셋은 조용히 밥만 먹었다. 처음엔 무슨 이야기라도 꺼내 볼까 고민도 했지만 관뒀다. 무언가 불안했지만 무사히 식사를 다 마친 것에 안도했다. 정작 일은 후식을 먹을 때 터졌다. 얼린 홍시에 달라붙은 얇은 껍질을 벗기고 있는데, 언니가 내게 티스푼을 권했다. 이걸로 떠먹어, 하는데 말끝이 흔들렸다. 영문은 알 수 없지만 울음으로 이어지게 하고 싶지 않았기에 짐짓 명랑하게, 역시 날 챙기는 사람은 언니밖에 없어, 라고 말하며 얼른 티스푼을 받았다. 하지만 이내 분위기는 홍시보다 더 얼어버렸다. 세현이가 좋아했던 걸 깜박했다고 엄마가 성급하게 사과를 했기 때문이다. 언니는 끝내 울음을 터뜨렸다. 언니를 데리고 내 방으로 갔다. 세현이가 홍시를 그렇게 좋아했는데 변비 걸릴까 봐 많이 먹지 못하게 했다고, 먹고 싶다는 거나 실컷 먹게 해줄 걸 그랬다며 흐느꼈다. 언니의 등을 토닥이며 다 울어버리라고 했지만 정말 그렇게 오래 울 줄은 몰랐다. 처음엔 같이 울기도 했는데 금세 난감해졌다. 아이를 잃은 여자는 어떻게 위로해야 좋은 걸까. 그때 휴대폰이 울렸다. J였다. 순간 반가웠던가. 나는 비로소 방을 나올 수 있었다. J가 시간 되면 잠깐 보자고 했다. 집 근처 커피숍에서 30분 후에 만나기로 약속했다.

커피숍에 멀뚱히 앉아서 J를 기다렸다. 길이 막혀서 많이 늦어질 거라고 문자를 보내왔다. 솔직히 J야 안 와도 그만이었다. 도망치 듯 나온 터라 딱히 시간 때울 책 한 권 들고나오지 않았다는 것이 문제가 될 뿐. 휴대폰으로 자주 가는 게시판들을 훑었다. 그저 그런 제목들 사이에 유독 눈에 띄는 게 있었다. '막장 사연 자작으로 앵벌이한 sks의 진실', 클릭했다. sks가 거짓 사연으로 사람들한테 돈이며 물건을 받았다고 주장하는 글이었다. 이미 조회 수는 10만이 넘었고, 댓글도 천 개가 넘어갔다. 믿고 싶지 않은 글이었다. 요는 sks는 미혼모도 아니고 형편이 어렵기는커녕 된장녀라는 것이었다. 외제차 카페에 올린 튜닝 관련 댓글과 또 다른 외국산 오픈카를 중고로 팔기에 적당한 가격을 문의한 글이 캡처되어 있었다. 글쓴이는 그 차들의 가격과 유지비까지 올려 차를 모르는 사람들도 그게 어느 정도의 사치품인지를 알 수 있도록 친절히 설명했다. 같은 아이디로 중고물품 매매 카페에서 팔았던 여러 개의 명품가방 사진과 스키장 시즌권, 콘도 이용권들의 구매 내역도 캡처되어 있었다. sks라는 아이디의 행적이 일목요연하게 정리된 글은 그녀의 생활이 얼마나 화려했는지를 보여주고 있었다. 휩쓸리고 싶진 않았지만 생활고 때문에 자살을 고민하던 미혼모의 이미지와는 거리가 멀었기에 뒤통수가 싸해졌다.

머리가 지끈거렸다. 설마와 어쩌면이 얼기설기 엮이며 편두통을 단단히 만들고 있었다. 댓글과 관련 글들이 계속 뻗어갔다. sks가 이런 움직임을 알면 다시 나쁜 맘을 먹지 않을까 염려되었다. 아, 맞다. 그게 다 거짓이라는 거지. 그때 카페 출입문이 열리고 나를 향해 걸어오는 이가 있었다. J여야 했는데 P였다. 그가 가까워질수록 카페의 소음들이 뭉개지며 귓가에서 멀어지고 있었다.

카페를 나왔을 땐 어둑해졌고, 추웠다. 언니 곁에 있어 주는 게 옳았다. 오늘 밤은 언니와 함께 자야지, 실컷 세현이를 그리고 목 놓아 울도록 해주어야지 생각했다. 어쩌면 P와의 이야기를 털어놓게 될지도 몰랐다. 엘리베이터를 타려는데 엄마가 나오고 있었다.

언니 못 봤냐? 내 전화를 안 받는데, 니가 좀 해봐.

전화를 걸며 엄마와 아파트 후문 쪽으로 가봤지만 언니는 보이지 않았다. 정문 쪽은 내가 온 길이라 갈 필요 없다고 엄마를 설득하고 들어왔다. 형부의 휴대 폰은 아예 전원이 꺼져 있었다. 언니는 거실에 있던 세현이 액자들이 치워진 것을 알아차리고 섭섭해한 모양이었다. 50일, 100일, 200일, 돌 등 정해진 때마다 스튜디오에서 찍은 성장 사진을 언니가 하나씩 액자에 넣어 보내주었다. 그러고 보니 세현이가 놓여있던 거실장 위가 말끔했다. 언제부터였는지 나는 전혀 눈치도 못 챘었다. 게다가 전주에서 보낸 물건마저 안보이자, 언니는 엄마의 장롱까지 죄다 헤집으면서 흥분한 모양이었다. 엄마는 분명히 버린다고 말하고 가져왔는데 마치 몰래 훔쳐간 도둑처럼 몰린 것과 딸을 위한 결정이었을 뿐인데 몰인정한 외할머니가 되어버린 것을 속상해했다. 언니는 아무리 어린아이지만 짧은 삶은 아무 것도 아닌 양 취급하는 태도가 거슬린다고 했다. 기다렸다는 듯이 죽자마자 모든 걸 다 치우고 잊으라고만 하는 사람들을 도저히 이해할 수 없다고도. 세현이 물건을 잠시 시야에서 치워두는 걸로 여겼기 때문에 서울로 보낸 것이니 그대로 다시 갖다 놓으라고 엄포했다. 엄마는 심리 치료도 별 효과가 없나 보다며 걱정과 원망이 반반 섞인 한숨을 내쉬더니 생일 한 번 요란하네, 했다. 엄마의 울컥함은 모른 체 하고 방에 들어왔다.

그거 누구한테 줬다고 했지? 찾아올 순 있지?

나는 대답하지 않았다.

꼭 물건을 돌려받기 위해서만은 아니었다. sks에게 쏟아지는 비난이 모함은 아닌지, 사실이라면 왜 그랬는지, 직접 듣기 전엔 신뢰를 거두고 싶지 않았다. 메일을 보냈다. 오래지 않아 읽음 표시가 되었다. 하지만 답장은 없었다. 어떤 말이라도 좋으니 답장을 꼭 보내 달라는 메일을 다시 보내고 웹에 떠도는 그녀에 대한 글을 탐색했다. 이제 sks는 인성까지 의심받고 있었 다. 몇몇 연예인들과 기획사를 비난했던 악플들까지 낱낱이 올라왔기 때문이다. 그간 밝혀진 사실들과 그를 기반으로 한 추정들이 꽤 일리 있었다. 반신반의 하며 비난을 아끼던 사람들도 sks가 지금껏 아무 변명도 하지 않는 것에 주목했다. 며칠 전엔 일일이 댓글을 달고 추가 글도 올리는 적극성을 보여주지 않았던가. 쏟 아지는 원색적 비난을 뚫고 나서서 변명이나 용서를 빌기는 어려울 수도 있다. 하지만 떳떳하다면 내 메일을 읽고도 답을 하지 않을 이유까진 없지 않은가.

이내 sks에게 도움을 준 사람들을 찾는 게시글이 올라왔다. sks는 사기꾼이, 도움을 준 사람은 피해자 가 되어있었다. 그간 확보한 피해자의 명단과 그들이 보내준 물품, 현금 등이 표로 작성되어 있었다. 스무 명 남짓의 이름이 있었다. 거짓으로 선량한 사람들을 농락하는 일이 재발되어선 안된다며 아직 숨어있는 피 해자들이 적극적으로 나서줄 것을 촉구했다. 어느 정도 자료가 모이면 그녀를 고소할 것이고, 구체적 피해액을 산출하여 손해배상도 청구할 거라며 이메일주소를 올려놨다. 제보할 마음은 없지만 피해자의 목록에 추가한다면 나보다는 엄마 이름이 적절해 보였다.

언니는 날이 갈수록 날카로워졌다. 섭섭함이야 이해 못하는 바가 아니지만 이젠 마치 엄마가 세현이를 죽이기라도 한 듯 원망하고 닦달했다. 엄마가 안쓰럽기도 했지만 언니도 그럴만했다. 일단 엄마는 언니의 전화를 받지 않았다. 전화가 여러 번 계속 걸려와도 절대 받지 않았다. 그러면 전화는 나한테 걸려오기도 했는데, 바꿔주면 태연하게 전화 온 줄을 몰랐다고 했다. 언니의 언성이 높아질라치면 그냥 끊어버렸다. 그러면 언니의 격해진 감정은 문자로 이어지곤 했다. 엄마가 보여준 문자만 봤을 때는 언니가 심하다고만 생각했는데, 과정을 목격하고 나서는 엄마 편만 들어줄 수 없었다. 문자에라도 답을 하라고 했지만 엄마는 단 한 번도 하지 않았다. 엄마가 세현이 옷을 돌려받을 수 있는지를 물을 때마다 나는 조금만 기다려보라고 대답했다. 다행히 재촉하진 않았다. 이따금 엄마는 시간이 해결해 줄 수밖에 없다고 읊조렸는데, 세현이 옷이 돌아오기까지의 시간인지, 언니가 심리적으로 안정될 때까지의 시간인지는 알 수 없었다. 과연 제자리를 찾을 순 있을까.

며칠 후 sks에게 메일이 왔다. 내 질문에 대한 답이 짤막히 적혀있었다.

저는 사람들을 속인 적이 없습니다. 그러나 분에 넘치는 생활을 했던 것도 제가 맞고, 힘들게 살고 있는 것도 제가 맞습니다. 누구도 거짓말을 하지 않았는데 진실은 멀어지고 있네요. 그래서 할 말이 없습니다.

나는 바로 회신했다. 여러 문장을 썼지만 내가 보낸 옷을 돌려주면 좋겠다는 핵심을 파악하는 것이 어렵지는 않을 그런 메일이었다. 답은 없었다. 마지막으로 온 메일을 찬찬히 다시 봤다. 속인 적은 없습니다로 시작해서 할 말이 없습니다로 끝맺고 있다. 속인 적은 없다는 단호하고 분명한 말의 비겁함을 나는 이미 알고 있었다.

연락할게, 이후 죽은 듯 조용하다 유령처럼 P가 나타났던 그날, 왜 나를 속였냐는 물음에 자기는 속인 적이 없다고 했다. 굳이 드러내지 않은 것과 속임수는 다르지 않느냐고 오히려 반문하기도. 언제라도 내가 물었다면 사실대로 말했을 거라고 했다. 그러면 날 사랑한다고 사귀자는 남자에게 혹시 부인이 있나요, 라고 물었어야했단 말인가. 그의 집에도 들락거렸지만 그 흔한 결혼사진 조차 없었다. 그의 말처럼 감춘 것과 속인 것은 다를 수 있다. 그렇다면 나는 이제 감추어진 모든 것에 분노하리라. P는 연애 기간 중 안타깝게 놓쳐버린 타이밍에 대해 한참 떠들더니 사랑했던 마음만큼은 진실이라고 했다.

너 진짜 나쁘다.

그는 할 말이 없다고 했다. 그때 허둥지둥 J가 들어왔다.

늦어서 미안. 근데 이 분위기 어쩔 거야. 애 진짜 심각하지? 내가 오죽하면 너를 다 불렀겠니.

J의 부탁으로 P가 슬럼프에 빠진 과거 스터디 멤버를 격려하는 그림이었다는 것을 그제서야 깨달았다.

금방 극복할 수 있을 거야.

P는 뻔뻔하게도 내 어깨까지 두드려주는 여유를 보였다. 나는 그냥 나와버렸다.

그날 이후 나는 J의 전화를 받지 않았다. 내가 몇 차례 메일을 보냈지만, 더 이상 sks가 읽지 않는 것처럼.

'속인 적 없다'는 마지막 말을 곱씹다 보니 커피숍에서 만난 게 sks 같기도 했고, 더 이상 내 메일을 읽지 않는 게 P 같기도 했다. 이제 P한테 세현이의 옷을 돌려받아도 어색하지 않을 정도가 되었다.

시간이 해결해줄 거라던 엄마는 나를 채근하기 시작했다. 얼른 받아오라고, 이제 자기가 죽을 지경이라더니 정말 앓아누웠다. 언니의 시간들은 점점 독해지고 있는 모양이었다. 나도 더 이상 기다려줄 수만은 없었다.

sks가 알려준 슈퍼마켓에 직접 찾아가 봤다는 글이 새로운 화젯거리가 되었다. 메일 계정을 공개했던 도반이었다. 달동네에 있는 규모가 작은 슈퍼마켓이었고 주인한테 확인해본 결과 택배를 받아 간 사람은 어린 딸 하나를 키우는 젊은 여자가 맞다고 했다. 그러니 여자를 무조건 매도하지는 말자는 취지의 글이었다. 의

견에 동조하는 사람, 도반=sks 라고 의심하는 사람, 다양한 반응들이 양산되었다. 난 어디에도 끼고 싶은 마음이 없었다. 세현이의 물건이 제자리로 돌아오기만 하면 되었다. 그래서 그 글에 큼직하게 적힌 슈퍼마켓 전화번호를 눌렀다. 사정을 얘기하고 sks의 집 주소든 연락처든 알아내면 될 일이었다. 오랫동안 통화 중이었다. 전화가 연결되었을 때 내가 말을 꺼내기도 전에 주인의 목소리가 먼저 들려왔다.

애기 엄마 찾아요? 도대체 그 여자가 무슨 짓을 했길래 찾아싸. 장사를 못하겠네. 나는 그 애 엄마하고 아무 상관도 없고 아는 것도 없으니 끊읍시다

바로 그날 밤, sks집을 알아냈다는 사람이 나타났다. 슈퍼마켓 주위 주택들을 뒤지다가 자신이 보내준 아이 내복이 걸린 집을 발견한 것이다. 빌라의 반지하 창문 앞 건조대에 작은 옷이 몇 벌 걸린 사진이 첨부되었다. 그는 문을 두드려봤는데 응답이 없어서 그냥 왔으나 sks가 적어도 아이를 키우는 엄마인 건 확실하며 생활이 어려운 것도 사실이라고 주장했다. 하지만 금세 수세에 몰렸다. 그 사람이 보내준 내복은 국민 내복

수준의 흔한 것이었고, 사기꾼이 자기가 사는 동네 슈퍼마켓에서 물건을 받지 않았을 것이라는 둥 닉네임 바꿔서 자작 글 올린 거 아니냐는 비난도 많았다. 하지만 나는 그 글을 보고 날이 밝으면 저 집엘 가봐야지 생각했다. 빨랫줄에 세현이의 보라색 누빔 바지가 걸려있었기 때문이다.

sks한테 보낸 내 메일들은 여전히 깨이지 않았고, P의 SNS는 영면에 든 것 같았다. 그런데 왜 나만 잠을 잘 수 없는 것일까. 화가 났다. 날 잠 못 들게 하는 게 여자든 남자든, 그들의 평온함은 옳지 않았다. 애꿎은 오리들만 흔들어 깨웠다.

날 알고 있나요. 날 믿고 있나요. 당신 눈에 비친 나, 난 낯설기만 한 걸요. 날 다시 봐요. 플라잉덕 플라잉덕.

정신없이 깬 오리들이 주저하는 나를 조롱하며 날고 있었다. 감추었다고 속인 것이 아니므로 잘못이 없다면, 굳이 드러내지 않았던 것을 있는 그대로 살포시 꺼내는 것 역시 잘못은 아닐 터였다. 타닥타닥타닥, 나는 P를 향해 그동안 아껴온 말들을 쏟아냈고 키보드의 분노는 꽤 오래 계속됐다. 파다다다닥파다다닥. 오리들의 날갯짓이 어지러웠다.

신림까지는 지하철 정거장이 스물두 개, 운 좋게 앉아갈 수 있었다. 일단 슈퍼마켓을 찾아갈 계획이었다. 운이 좋으면 여자를 만날 수도 있고, 그게 아니더라도 슈퍼주인이 여자의 집 정도는 알고 있을 거라는 것이 내 추측이었다. 휴대폰을 열어 포털 사이트에 접속했다. 어느 아이돌 연예인이 간밤에 자살했다는 기사가 베스트에 랭킹 되어 있었다. 낯익은 얼굴, 밤새 나와 함께 플라잉덕을 부른 요정 중 하나였다. 좋아한 건 아니었지만 죽었다니 왠지 섭섭했다. 가수 M의 팬이 아니라면서도 죽음이 안타깝던 J를 이해할 수 있었다. 댓글을 남기려다가 고인의 명복을 빈다는 댓글마다에 공감을 누르는 것으로 대신했다. P의 SNS는 가보려다, 말았다. 함께 울어주던 오리들을 이제 볼 자신이 없었다. 문자가 왔다. J였다. P의 SNS에 가본 모양이었다. 왜 자길 속였냐고 물었다. 쉬운 답을 적어 보낼 수도 있었지만 관뒀다.

sks를 만날 수 있을까? 만나면 무슨 말을 먼저 꺼낼지를 생각하니 얼굴이 화끈거렸다. 주었다 뺏아가는 꼴이 영 맘에 들지 않지만 민망함은 그녀의 몫으로 남겨둘 셈이었다. 혹여 옷이나 장난감을 챙기는데 아이가 울어버리면 어쩌지. 답을 찾다 보니 어느덧 신림역에 당도했다. 마을버스로 좁은 길을 한참 올라가서야 내릴 수 있었다. 지도 어플에 의하면 슈퍼는 100m 전방에 있었다. 좁고 가파른 길을 오르자니 숨이 찼다. 근처에 사람들이 모여있었다. 경찰, 카메라들도 눈에 띄었다. 어수선한 분위기였으나 곧장 슈퍼 안으로 들어갔다. 전화를 받았던 사람은 여자였는데 젊은 남자가 있었다. 음료수를 고르며 남자한테 꺼낼 말을 고민했다. 하지만 계산할 때까지 아무 말도 꺼내지 못했다. 유산균 젤리만 하나 더 집어 들었다.

아주머니는 어디 가셨나 봐요?

경찰서에요.

무뚝뚝한 사람이었다. 슈퍼를 나와 사람들이 모여 있는 곳으로 갔다. 무슨 일 있나 봐요? 자살이라지. 누가요? 가수라며. 애는 살아있다지? 사람들끼리 하는 말을 들으니 전직 가수인 여자가 어린 아이를 두고 자살을 했고 그 일로 슈퍼 아주머니와 이웃들은 경찰 조사를 받고 있다고 했다. 방송국 카메라도 보이고 기자인지 경찰인지 모를 사람이 삼삼오오 모인 사람들을 인터뷰하는 것도 보였다.

슈퍼에서 한 블록쯤 위에 있는 빌라에 폴리스라인이 쳐 있었다. 난 그 쪽을 향해 걸어갔다. 경찰들이 들락날락하고 있는 것을 가까이에서 지켜보는 무리에 어느 새 나도 있었다. 나는 폴리스라인에 몇 발짝 더 가까이 다가섰다.

대문 안을 들여다보았다. 반지하 창문 앞 빨래 건조대에 눈에 익은 옷들이 걸려있었다. 가깝지만 닿을 수 없었다. 출입금지, 그 안에 갇혀버린 얼굴들이 하나 하나 스쳤다.

많은 사람들이 있었지만 우는 이는 없었다. 오직 휴대폰만 울고 있었다. J였다. 울고 또 울었지만 계속, 홀로 울게 놔두었다.

당신의 이웃은 안녕하십니까

지구라는 무대에서 각각 주연이자 조연인 삶을 사는 동안
만나게 되는 크고 작은 시련들, 그 모든 것이
몰래카메라의 미션이라고 생각하면
어떤 것이라도 오히려 담담하게 맞을 수도 있으리라.

현관문을 살며시 열고 머리만 빼꼼 내민다. 계단의 아래, 위를 살핀다. 아무도 없다. 101호 문이 닫혀 있는 것을 확인한다. 나머지 몸을 빼고 현관문 아래 지지대를 조용히 내려 바닥에 고정한다. 부러 챙겨 신은 젤리 슈즈를 타고, 숨죽인 채 미끄러진다. 스윽스윽. 열세 개의 계단을, 스물여섯의 스텝으로 사뿐히 내리는 데 성공했다. 101호 문이 휙 열릴 것만 같아 조마조마한 가슴을 진정시키기 위해 큰 숨을 들이마신다. 50미터 전방에 있는 목적지에 갔다가 다시 이 앞을 지나 집에 들어갈 때까지 101호 문이 열리지 않아야 한다. 그러기 위해선 소음을 최대한 차단하고 목적지를 향해 속주를 해야 할 것이며, 어느 정도는 운도 필요할 것이다. 달린다. 쓰레기 수거함에 꽉 찬 봉투를 버리고 다시 속주 한다. 101호 문은 여전히 닫혀있다. 이 정도면 운은 따랐다고 볼 수 있다. 101호 문을 비로소 등진 나는 이번엔 열세 스텝으로 힘차게 열세 개의 계단을 오른다. 젤리슈즈는 역시 탁월한 선택이었다. 말랑말랑한 앞 코로 지지대를 다시 올리고 조용히 현관문을 닫는다.

하루에도 몇 번씩 나는 도둑고양이처럼 101호 앞을 지난다. 고작 여섯 가구가 사는 3층짜리 빌라에서 바로 아랫층에 사는 이웃과 지내는 내 방식이 이럴 수밖에 없는 것이 나도 씁쓸하지만 어쩔 수 없다.

처음부터 101호가 불편했던 것은 아니다. 그녀는 보기 드물게 친절한 이웃이다. 문제가 있다면 그것이 과하다는 것이다. 어느 순간 관심이 간섭이 되고, 친절이 공포가 되었다. 그러나 그녀는 상상 조차 못하는 눈치이다. 표현을 아주 안 한 것도 아니다. 짜증스런 기색을 드러내 보이기도 하고, 퉁명스럽게 대꾸해 보기도 하고, 부러 무안을 줘보기도 했지만 그녀는 번번이 대수롭지 않게 넘겼다. 눈치가 없는 것인지 알면서 그러는 것인지는 알 수가 없었다. 티타임 갖자고 불쑥 찾아와서는 하루 종일 눌러있는 일이 반복되길래 내 시간의 효율적인 활용을 위해서라도 앞으로는 약속을 미리 잡고 오는 게 좋겠다고 말한 적이 있다. 최대한 에두른 표현이지만 적어도 내가 티타임을 반기지 않는다는 것 쯤은 알아챌 법도 한데, 그다음부터는 5분 있다 커피 마시러 갈게, 10분 후에 올라갈게, 그런 식의 바튼 예고로 통보해왔다. 물론 한 번 오면 엉덩이 무거운 것 역시 달라지지 않았다. 할 일이 많다는 식으로 언질을 주기도 해봤지만 그만 나가달라는 말로 제대로 이해된 적은 단 한 번도 없었다.

며칠 전 아침에도 그랬다. 아이를 유치원 버스에 태우고 들어오는데, 여느 때와 다름없이 101호 문이 열렸다. 넉살 좋게 웃으며 설거지만 하고 바로 올라갈게, 하는 그녀에게 나는 용기를 냈다.

"오늘은 좀 쉬어야 겠어요"

싫은 기색에 당황했을 지도 모를 그녀를 보기가 민망해서 나는 눈도 제대로 맞추지 못하고 쌩하니 올라와 버렸다. 내가 지나쳤나 싶으면서도 그 평온한 오전이 좋았다. 그런데 정오가 되니 초인종이 울렸다. 설마 101호는 아니겠지 했는데 문도 열기 전에 나야, 문 열어봐, 명랑한 목소리가 들렸다. 문 앞엔 와인색 법랑 냄비를 든 그녀가 웃고 있었다.

"닭죽 좀 쒔어. 이것 먹고 기운 차려야 내일은 같이 커피 마시지. 입맛 없어도 좀 먹어봐."

귀찮아서 둘러댄 말인 줄도 모르고 닭죽까지 쑤어 오는 사람. 눈치는 없지만 악의 없이 순수한 사람이라고 생각하니 생글거리는 그녀 앞에 미안한 마음이 들었다. 들어오라고 해야 할 지, 닭죽만 받아들고 보내야 할지 순간 고민스러웠다. 그런데.

"생리할 때 됐지? 하기 전에 꼭 몸살 하잖아, 월말에 앓다가 월초에 터지구. 맞지? 좌우당간 애까지 낳고도 이렇게 요란하게 달거리 하는 사람은 첨 봤다니까. 호호호"

가족끼리도 굳이 입에 담을 일이 없는 월경 이야기를 아랫집 아줌마한테 적나라하게 들을 때의 당혹감이란! 다시 떠올려도 얼굴이 화끈 거리는 그런 이야기도 101호는 아무렇지도 않게 한다. 아마 주위에 다른 사람이 있었어도 다르지 않았을 것이다. 늘 그런 식이다. 분명히 그녀에게서 나간 건 관심과 친절인데 나한테 들어올 땐 불편함이 되는…. 나한테 특별히 해를 주지는 않지만 가급적 피하고 싶은….

남편은 내가 너무 까칠하게 구는 거라고 했다. 타인의 순수한 호의를 내 식대로 재단하고, 예민하게 걸러내는 것이라며, 보기 드물게 착하고 친절한 이웃인데 고마운 줄 모른다고 나를 나무랐다.

하긴 지난 7년간 서너 번 이사를 다니면서 만난 여느 이웃들과는 사뭇 다르긴 했다. 이사를 오든 가든, 헤프게 눈길조차 주지 않는 이웃은 차라리 나았다. 이사 온 첫날부터 인터폰으로 이삿짐 정리를 조용히 해달라며 고래고래 소리를 지르더니, 하루에도 몇 번씩 쫓아와서 아장아장 걷기 시작한 아이한테 사뿐히 걸으라고 화를 내던 아랫집 사람이 있었다. 처음에는 미안함에 머리를 조아리고 과일을 갖다주곤 했는데, 예민한 청각은 좀체 무뎌지지 않았다. 걷던 아이가 뛸 수 있게 되었을 때 아랫집 사람은 남편의 멱살을 잡기에 이르렀다. 소음 매트를 깔아도 아랫집은 인터폰을 울려댔고, 아무리 주의를 주어도 두 살배기 아들은 도전을 멈추지 않았다. 결국 계약 기간을 채우지 못하고 이사를 해야 했다.

밤마다 액션 호러 영화를 찍는 이웃도 있었다. 욕하고 울고 부수고 깨지는 소리에 경찰에 신고를 해야하는 것이 아닌지 매번 고민했으나 언제나 아침은 평온했다. 오히려 고요한 밤이면 이번에야 말로 정말 무슨일이 일어난 건 아닐까 공포에 떨곤 했다. 다행히 경찰이 출동하거나 구급차가 오는 일 한번 없이 2년의 계약기간이 끝나 우리는 조용히 이사했다.

그다음 전셋집은 1층이었다. 말을 하기 시작한 아들이 어느 날 '아랫집 없는 집에 살고 싶어'라고 했는데, 우리 부부 역시 크게 공감했기 때문이었다. 애 키우는 집은 1층이 좋으며 더구나 옆집에는 점잖은 노부부가 살기 때문에 오래 살 수 있을 거라고 부동산 중개인이 말했다. 그 말은 사실이었다. 아이는 거실에서도 공놀이를 할 수 있게 되었다. 다소 어둡고 습기가 많아 안방 한 쪽 벽은 곰팡이가 피었으며 크고 작은 벌레도

참 많았지만, 미생물도 살기 좋은 곳이 사람 살기에도 편하다는 생각마저 들 만큼 이웃과 얼굴 붉힐 일 없는 그 집이 좋았다. 웬만하면 더이상 이사 다니지 않고, 거기서 아이를 초등학교도 보내고, 집 장만의 기반도 마련해야지 싶었다.

그런데 지난 여름, 전세금이 슬슬 오르기 시작하더니 가을이 되자 폭등했고, 전세대란으로 이어졌다. 10월에 계약이 만기 되자 집주인은 4천만 원을 올려달라고 했다. 전세금이 1억인데 갑자기 40퍼센트를 올려받는 건 말이 되지 않는다고 따져도 보고 통사정해 보기도 했지만 소용없었다. 오히려 집주인이 우리를 얼렀다. 자기들도 융자 받아 산 집이라 이자 내기가 힘에 부치니 이번에 전세금을 올려 일부라도 원금을 갚아야겠다고. 1억 5천을 불러도 들어오겠다는 세입자가 줄을 섰다는 말도 덧붙였다.

틀린 말은 아니었다. 전체적으로 올랐고, 전셋집이 품귀라 5, 6천을 올려도 계약을 연장해서 사는 편이 여러모로 나을 터였다. 하지만 우리에겐 먼 나라 이야기였다. 1억에도 전세금 대출이 껴있었고, 원리금 상환이 끝난 지 한 달도 채 되지 않았는데 다시 또 융자를 받고 싶지는 않았다. 1억으로 갈 수 있는 집을 찾다

보니 이 곳 장미빌라까지 오게 된 것이다.

장미빌라는 지은 지 20년은 족히 되었지만 깨끗한
편이었다. 장미빌라와 현재 거주민들의 변천사를 나는
전부 101호를 통해 들었다. 조금도 궁금하지 않았는
데 우리가 이사 오기 전 201호에 살던 사람이 작년에
아들을 서울대에 보냈고, 용인에 있는 아파트를 분양
받아 장미빌라를 뜨게 된 것까지 알게 되었다. 201호
집주인은 워낙 돈이 많고 점잖은 사람이라 전세금 몇
푼으로 장난칠 사람은 아니라며 아이 대학 보내고 집
살 때까지 오래오래 살라는 말도 여러 번 했다. 내가
어떤 연유로 여기까지 오게 되었는지, 마치 내 사정을
빤히 다 아는 것처럼 구는 것이 그다지 유쾌하진 않았
지만 딱히 기분 나쁘달만한 것 또한 아니었다. 매사에
그녀는 내가 어떻게 대응해야 할 지 난감하게 하는 면
이 있다. 처음 만났을 때부터 그랬다.

을씨년스러웠다. 집을 보러 왔던 날과는 달리 막상
살러 온 그 날 동네의 느낌과 내 마음이 그랬고 날씨
역시 그러했다. 하루 휴가를 내고 이사를 총괄하던 남
편은 회사에 급한 일이 생겼다는 연락을 받자마자 짐

배치할 곳을 정해주곤 황급히 가버렸다. 짐차에서 짐을 빼고 나르는 것을 구경하며 마냥 신난 네 살배기 아들만 무채색 그림 속에서 원색의 입체감으로 돋보이고 있었다. 피아노가 안 들어가요, 하는 소리가 몽롱함을 깼다. 작은방에 놓을 계획이었는데, 책장 때문에 자리가 나지 않는다는 것이었다. 어쩔 수 없이 피아노는 거실을 차지하게 되었다. 성대 수술을 한 애완견을 바라보는 심정이라 최대한 눈에 띄지 않는 곳에 피아노를 치워두고 싶었는데, 나만 보면 꼬리를 흔들어댈 녀석을 하루에도 몇 번이고 달래줄 생각을 하니 아찔했다. 몇 년 전 피아노 짖는 소리에 낮잠을 잘 수가 없다며 현관문과 인터폰을 무섭게 물어뜯은 이웃을 만난 이후, 피아노는 입을 열지 않았다. 꽤 큰 자리를 차지하는 짐 덩이로 전락한 피아노는 작은방 한쪽 구석이 적당했는데, 그마저도 여의치 않게 되자 괜스레 서글퍼졌다. 바뀐 집에서 묵은 먼지를 마시며 그저 신나 하는 아들을 안았다. 바깥 공기를 섞어주러 나갈 참이었다. 그때 명랑한 목소리가 나를 세웠다. 짐이 많네, 누군지는 모르지만 안녕하세요, 라고 화답했다. 우리 왕자님은 몇 살이야, 하더니 이 먼지 속에 애가 무슨 고생이냐며 자기 집으로 가 있자고 했다. 101호야 바로 아랫집, 이라고 자신을 소개하곤 머뭇거리는 내 어깨를 잡아 떠밀다시피 계단을 내려갔다. 어리둥절했지만, 계단에 울리는 높은 톤의 목소리와 어깨에 닿은 그녀의 체온에서 악의가 느껴지지 않았다. 아이를 먼지 속에서 구해준 것만도 고마울 일이다, 라고 마음을 정리 하는 편이 나았다. 어쨌든 이사를 온 지 반나절도 되지 않아, 첫 이웃을 본 지 5분도 되지 않아, 그렇게 나는 이웃의 집을 방문까지 하게 된 것이다. 101호에 들어서 서는 더 크게 놀랄 수밖에 없었다. 집이 너무 지저분했기 때문이다. 뭐 하나 제 자리에 반듯이 놓여 있는 것이 없었다. 바닥에는 옷이며 책이 어지러이 놓여있고, 편평한 공간에는 어김없이 뭐라도 올려져 있는데, 규칙이라곤 없었다. 조금 과장하면 이사 중인 우리 집과 별반 다를 것이 없을 정도. 이런 상태라면 나는, 택배나 우편물 배달이 와도 없는 척하고 문을 열어 주지 않았을 것이다. 그런데 그녀는 조금도 부끄러워 하는 기색이 없었다. 오히려 살림하는 집이 다 그렇지 않냐며 과장되게 웃었다. 소탈하다, 와 주책맞다, 가 뒤섞이는 느낌, 그녀에 대한 첫인상이었다. 컵의 위생상태가 의심스러웠지만 커피 한 잔을 다 마실 수 밖에 없었다. 짐 정리가 끝날 때까지 아이를 돌봐주겠다는 억지에도 당할 재간이 없었다. 그렇게 첫날부터 신세를 지게 되었다.

그 빚 때문에 다음 날 아침 그녀의 방문을 무례하다 치부할 수 없었고, 쏟아내는 깨알 같은 정보들에 나는 또 빚을 지게 되었고, 그리하여 그녀가 불쑥 찾아와 내 시간들을 빼앗아도 나는 할 말이 없었다. 이를테면 그녀 덕분에 동네에서 입소문 난 비교적 괜찮은 유치원에 아이를 바로 보낼 수 있게 되었고, 할인율 높은 가게와 친절한 소아과를 시행착오 없이 알게 되었으며, 맛있는 중국집과 배달이 가능한 분식집 연락처까지 쉽게 알 수 있었다. 그녀는 15년간 살면서 알게 된 고급정보들을 아낌없이 주었다. 나에 대한 호감 때문이든, 그러지 않고선 견딜 수 없는 성격 때문이든, 내게는 고마운 일이었다. 도움을 받은 만큼 불편함 정도는 감수해야 한다고 생각했는데, 생활이 안정될수록 고마움보다 불편함이 더 크게 느껴지는 것이 문제라면 문제였다. 어떻게 하면 그녀와 마주치지 않을 수 있을지에 대해 고민하는 데 나는 상당 시간을 허비해야만 했다.

웬만하면 밖에 나가 있거나 집에 있을 땐 없는 척하고 마주치면 아프거나 바쁜 척 하는 쪽으로 가닥을 잡았다. 그런데 그제는 남편이 출장에서 돌아오는 날인만큼 집안일이 많았다. 인기척이 나면 그녀가 또 올라올 것 같아 사뿐대는 걸음으로 조용히 집안 정리를 했다. 욕실 청소를 하다가 양치컵이 바닥에 떨어져 깨졌을 때, 나도 모르게 비명을 질렀지만 101호를 의식하며 짧게 거두었다. 다행히 그녀는 올라오지 않았다. 아이가 하원 버스에서 내릴 시간, 또 한 번 젤리슈즈를 신어야 했다. 101호의 문이 열리기라도 한다면 아이를 데리고 소아과에 가야 한다고 둘러댈 참이었다. 다행히 문은 열리지 않았다.

이른 저녁, 제주도로 출장을 갔던 남편이 돌아왔다. 한라봉을 두 상자 내려놓더니 하나는 아랫집에 주라고 했다. 난감했다. 한라봉이 아까워서가 아니라 사흘 간의 단절을 내가 먼저 깨는 것이 달갑지 않아서였다. 드나들 빌미를 만드는 것 자체가 꺼려졌다. 싫은 내색을 눈치챈 남편이 나를 타박했다. 공을 굴려 장난감 볼링핀을 세웠다 쓰러뜨렸다 하며 깔깔대는 아이를 가리키며 요즘 세상에 그런 이웃이 어딨냐고, 벌써 다 잊었냐며 혀를 찼다.

한라봉을 들고 1층으로 내려갔다. 큰 숨을 두 어 번 쉬고 101호의 초인종을 눌렀다. 문이 열리기 전에 그녀를 맞을 표정과 첫 마디를 빠르게 고민해야 했다. 101호는 이웃집 남자가 출장 중에 자기한테까지 마음을 써준 것에 호들갑을 떨 것이 분명했다. 잠시 들어왔다 가라고 하면 저녁을 먹어야 한다고 할 참이었다. 그런데 반응이 없었다. 혹시 벨이 눌리지 않았나 싶어 이번엔 신경 써서 꾹 눌렀다. 두번째 벨에도 답이 없었다. 외출한 모양이었다. 밖에 나가 101호 거실을 보니 불도 꺼져있었다. 동네 아주머니들하고 생맥주라도 마시는 모양이었다. 자주 있는 일이었다. 나도 얼떨결에 101호를 따라가 술을 마신 적이 있다.

남편이 퇴근한 지 5분도 채 되지 않아 초인종이 눌렸고, 101호가 당장 옷 입고 나오라고 했다. 영문을 몰라 어리둥절해하는데, 주부도 술 한 잔씩은 하고 살아야 한다며 민규 아빠, 안 그래요? 했다. 그렇게 얼떨결에 간 인근 통닭집에서 나와 101호를 포함한 여섯 명의 주부가 술을 마셨다. 두 명은 초면이었고, 두 명은 101호 때문에 낯이 익어 눈인사를 나누던 옆 빌라주민이었다. 치킨과 생맥주를 시켜놓고 오가는 대화는 가볍게 부부, 고부 문제로 시작해 재테크를 포함한 경제, 아이들 교육은 물론 정치 등 다양한 주제로 이어졌다. 방대한 말들이 엄청난 속도전으로 진행되는데 유익하지 않은 정보가 없었다. 수개월 치 주간지를 한꺼번에 브리핑 받은 기분이랄까. 그러나 그 신선함은 언짢음으로 금세 바뀌었다. 그들은 나와 친하지 않을 뿐더러 몇은 초면임에도 불구하고 나에 대한 사전 정보를 너무 많이 갖고 있었다. 내가 어느 대학에서 무슨 과목을 전공했고, 아이는 몇이고 어느 유치원에 다니며 남편의 직업은 무엇이고 성격이 어떠한 지까지, 나보다도 나를 더 많이 아는 척 이야기하는 것이 어처구니가 없었다. 그런데 뭐라고 할 수도 없었다. 시간이 더 흐르다 보니 나 역시 이미 그들을 많이 알고 있다는 것을 깨달았으므로. 우리 모두는 101호의 개별적, 혹은 그룹적 수다 속에서 회자되곤 했던 주인공이었다고나 할까. 그러므로 그날의 언짢음에 대해 특별히 101호한테 불만을 토로할 수는 없었다. 적당히 거리를 두어야겠다는 쪽으로 혼자 결론을 냈다. 하지만 그것이 결코 쉽지만은 않았던 이유는 오직 청각만으로도 나의 일정을 파악할 수 있을 만큼 가까이, 특히나 그녀가 아랫집을 차지하고 있기 때문이었다. 방음이 제대로 되지 않는 오랜 건물이라 실제로 그녀는 민규의 발소리, 남편의 차 소리, 나의 피아노 소리 등에 애정어린 반응을 보이곤 했다.

그 모든 관심을 의도적으로 차단한지 고작 3일만에 한라봉을 주며 내가 자발적으로 해제하는 것이 내키지 않았던 것인데, 그녀의 부재로 좀 더 이어지게 된 것이 일단은 다행스럽게 여겨졌다.

조금 이상하다는 생각이 든 것은 어제 아침 민규가 101호의 현관문을 두드렸을 때부터였다. 아침부터 늑장을 부리는 녀석 때문에 버스 태우는 시간이 빠듯했다. 민규를 먼저 내보내고 뒤쫓아 나왔더니 아이가 101호 현관문을 두드리고 있었다. 아줌마도 보고싶고, 그녀가 주는 사탕이 먹고 싶었단다. 서둘러 버스를 태우고 들어오면서, 밖으로 나와 있을 101호를 무슨 말로 따돌릴지 잠시 고민하다 오늘 오전은 기꺼이 101호에게 내어주리라 결심했다. 며칠 건너뛰었으니 하루 정도는 괜찮았다. 부스스한 얼굴이어도 언제나 명랑한 그녀의 목소리엔 밝은 인사로 화답해야지, 했다.

그런데 101호는 닫혀있었다. 딱히 갈 친정이나 시

댁도 없는 101호가 어디로 갔을까. 어디 여행이라도 갔다면 말을 하고 갔을 것이었다. 집에 올라오자마자 휴대폰 스팸 문자함까지 뒤져봤지만 누락된 메시지 조차 없었다. 101호도 나를 피하나? 내가 무슨 실수라도? 기억을 더듬다가 제발 아줌마 식 대로 엉뚱하게 갖다 붙이지 좀 마세요, 가 그녀에게 던진 나의 마지막 말이라는 걸 깨달았다. 당시에는 호탕하게 웃었는데 밤새 비수가 되었을까? 설마, 와 그럴 수도, 가 기억을 붙들었다.

차단된 사흘이 있기 전날 오후, 주방 등이 켜지지 않았다. 주방은 북쪽이라 낮에도 어두워 습관적으로 불을 켜곤 했다. 남편은 전날 출장을 갔기에 밤이 되기 전에 나는 등을 갈아야 했고, 남동생한테 부탁을 했다. 고시 공부에 바쁜 녀석이라 시간을 뺏는 건 미안했지만 마침 일요일이었고, 한 끼라도 집밥을 먹이고 싶기도 했다. 동생은 기꺼이 와 주었고 쉽게 고쳐주었다. 저녁을 먹자마자 서둘러 일어나는 동생을 서운한 마음으로 배웅하는데, 귀가하던 101호와 마주쳤다.

"어머 민규 엄마 남자친구? 영계네, 멋지다. 하하하하"

민규 삼촌이라고 자신을 소개하며 동생이 인사를 꾸벅했다.

"민규 아빠 출장 가자마자 이런 꽃미남을 집에 들여? 민규 아빠한테 일러야지"

분명히 웃고 있었고, 농담인 것이 분명했지만 기분이 썩 좋지 않았다. 그냥 웃어 넘기면 될 것이었는데 나도 모르게 툭 튀어나온 말이었다.

"제발 아줌마 식대로 엉뚱하게 갖다 붙이지 좀 마세요"

나야말로 오버였지만, 다행히 그녀는 웃어 넘겼다. 그땐 분명히 그랬다. 얄미울 만큼 호탕하게. 그러나 돌이켜보니 섭섭했을 수도 있겠다. 어쩌면 아줌마라는 호칭에 서운했을 지도 모르겠다. 언니라고 불러달라는 말을 몇 차례 했지만 나는 쉽게 그럴 수 없었다. '누구 엄마'라고 부르는 것이 가장 자연스럽지만 그러기엔 여섯 살의 나이 차가 마음에 걸렸고, 대학생 아들의 이름을 갖다 붙이기도 민망했다. 그렇다고 언니라고 부를 만큼 가까운 사이는 아니고 싶었다. 언니라는 호칭을 몇 번 강요받은 후론 아예 생략하는 쪽을 선택해버렸던 나였다. 그런데 나도 모르게 아줌마, 라고 해버렸으니 늘 나더러 동생 같다고 했던 그녀로선 섭섭했을지도. 하지만 그렇다고 연락도 없이, 초인종이나 노크에도 무반응으로 일관할 101호는 아니지 않나? 이래저래 괜히 마음이 불편했다.

나흘간 차단했던 소음들을 슬슬 풀어놓았다. 계단을 올라가는 것도, 문을 닫는 것도, 집 안에서 걸어다닐 때도. 나, 집에 있어요 하는 메시지다. 하지만 반응이 없었다. 며칠 만에 피아노 앞에 앉았다. 101호 때문에 최근에 자주 쳐야 했던 빛바랜 악보를 꺼냈다. 원미연의 '이별여행', 우리 집 악보들을 뒤져보던 101호가 애창곡이라며 꺼낸 것이었다. 듣고 싶다고 쳐달라더니 옆에서 따라 부르곤 했던 그녀. '이별여행'을 곧잘 소화하던 높은 톤의 목소리가 귓가를 맴돌았다. 어쨌든 내가 생각할 수 있는 가장 큰 미끼에도 그녀는 무반응이었다. 피아노 한 곡 치는 것에도 간섭을 받을 땐 짜증스럽더니, 웬일인지 피아노 치는 것도 즐겁지가 않았다. 휴대폰의 문자 메시지 작성 키를 눌렀다.

〈201호인데요, 어디 가셨어요?〉 뒤에 '안 보이시네요'를 썼다 지우고 '한라봉'을 쓰다가 〈드릴 게 있는데 안 계셔서요〉로 고쳐 썼다. 전송하려다, 그냥 취소를 눌렀다. 모처럼 피아노나 실컷 치자 싶어 다시 악보집을 뒤적였다. 그때였다. 띵동. 순간 반가웠던가. 누구세요?

"다영이 엄마야. 유림빌라"

문을 여니 통닭집 6인 중 한 명이었던, 말하자면 101호의 동네 지인 중 '베프' - 101호는 다영이 엄마를 늘 베프(베스트 프랜드)라 했다 -였다. 무슨 일이세요?

"이거 101호 껀데 어디 갔나 봐? 없네. 101호 오면 전해줘"

커다란 곰솥이었다. 바삐 몸을 돌리는 여자를 내가 붙들었다.

"며칠 째 아랫집 아주머니가 안 보이시는데 혹시 어디 가신단 얘기 있었어요?"

"아니? 며칠 없어? 그래서 동네가 다 조용했구만. 이 따따부따가 어딜 또 행차하셨나? 어딜가서 무슨 사고를 치고 계시나"

"전화라도…"

아차, 싶었다. 전화는 내가 해 봐도 되는 거였으니까.

"글쎄, 뭔 일 있나? 뭐, 있나 보지. 하여튼 101호 오면 잊지 말고 전해줘"

여자가 갔다. 내가 생각하는 만큼 친한 사이는 아니었을지도. 하지만 둘은 상대의 냉장고 채소 칸에서 어떤 채소가 썩고 있는지까지 아는 사이였지 않은가. 커다란 곰솥을 본다. 전화를 할 빌미가 생긴 것이다. 잠시 망설이다 연락처 검색에 101호를 넣고 통화를 눌렀다. 첫 말을 정리할 겨를도 없이 〈전화기의 전원이 꺼져있습니다〉가 들려왔다. 전화번호를 확인한 후 다시 통화버튼을 눌렀지만 여전히 꺼져있다는 메시지가 나왔다. 뭔가 이상했다.

밖으로 나갔다. 문이 닫히는 순간 곰솥을 들고나올 걸 그랬나 싶었지만 그냥 내려갔다. 101호의 집 안을 한참 들여다보았다. 그 흔한 커튼이나 블라인드 하나 없는 101호는 베란다 너머 거실, 주방이 시작되는 곳까지 그대로 훤히 보였다. 온갖 잡동사니의 진열대로 착각할 법한 식탁과 고운 태닝에 실패한 듯 연하고 진한 갈색으로 얼룩덜룩한 패브릭 소파, 왕따를 자처 하듯 유독 도드라지는 고급스러운 광택의 벽걸이 TV, 모든 것이 그대로였다. TV는 어느 방송국 캠페인 이름 공모에서 받았다고 했다. 공모를 하게 된 계기와 내용, 당첨됐을 때의 기쁨을 자랑하던 높은 톤의 숨넘어가는 목소리와 상기된 얼굴빛… 지금도 리모컨을 누르면 101호 아줌마가 모니터에서 그대로 튀어나올 것처럼 생생했다. 언젠가 라디오에 사연을 보내 경품으로 받았다던, 지금은 폐품처럼 보이는 러닝머신은 베란다 구석에, 거의 초창기 모델이었을 성 싶은 서랍형 김치냉장고도 베란다 한 켠에, 모든 것이 있던 그대로였다. 빨래 건조대에는 충분히 건조된 듯한 옷가지들이 걸려 있었다. 4일 째… 가족 모두가 어딜 갔다고 생각하기엔 아무런 예고가 없었다는 것이 이상했고, 101호 아줌마 혼자만 어딜 간 것인지는 밤에 확인해볼 참이었다. 내겐 늦은 밤에라도 초인종을 누를 수 있는 빌미, 곰솥이 있으니까. 101호 거실과 201호, 여섯 가구의 베란다를 쭉 훑어본다. 특별히 눈여겨 본 적이 없었지만 쭉 봐도 101호만 포즈(pause) 된 느낌이 들었다. 전화기가 꺼져있다는 사실이 그런 느낌에 한몫했으리라.

밤 10시. 굳이 쓰레기봉투를 꽉 채워 이 밤에 나온 건 101호를 살펴보기 위해서였다. 설마 했는데, 역시나 불이 꺼져있었다. 좀 더 깊숙이 살피기 위해 101호의 베란다에 바짝 다가서 보았지만 전자제품의 자체 발광 외엔 어떤 빛도 없었다. 집으로 다시 올라와 가장 조용한 안방에서 청신경들을 온통 101호에 집중 시켜 보았지만. 어떤 자극도 없었다. 열한 시가 넘어 다시 한 번 나가봤을 때도 101호는 여전히 불이 꺼져있었다.

아침 일찍 101호에게 전화를 걸어보았지만, 전원은 꺼져있었다. 우편함에도 101호의 우편물만 가득 꽂혀있었다. 101호 남편 회사로 전화를 걸어볼지도 살짝 고민했지만 오지랖인 것 같아 관두었다. 5일째 101호는 여전히 포즈(pause), 설마 스톱은 아니길. 순간 불길한 느낌이 엄습했다. 아줌마는 어디로 간 것일까. 여전히 엉망진창인 101호 안을 들여다볼 수 밖에 없는, 더는 알 도리가 없는 거리감에 참담했다. 그때 왼편을 돌아본 것은 우연이었을까. 인기척이었거나, 차 문을 여닫는 소리 때문이었을 것이다. 흰색 승용차 쪽에서 걸어오고 있는 한 여자와 눈이 마주쳤다. 낯선 여자였다. 남의 집을 살피는 내가 이상해 보였을까봐 황급히 2층으로 올라갔다. 현관문을 여는데, 그 여자가 101호의 문을 열고 있었다. 누구지?

"저기요!"

여자와 다시 눈이 마주쳤다.

"거기…"

딱히 뒤엣말이 떠오르지 않았다.

"혹시 101호… 아는 분이세요? 며칠 안 보이시는데… 갖다 드릴 것이 있어서…"

흐흐흑. 그녀가 손수건으로 눈 주위를 찍어내지 않

앗다면, 나는 잘 못 들은 줄 알았을 것이다. 낯선 그녀가 처음 본 내 앞에서 울고 있는 것이 분명했다. 내가 무슨 실수라도? 나는 그대로 서서 그녀의 답변을 기다리는 수밖에 없었다. 그녀가 흐느낌을 멈출 때까지 긴장을 놓을 수 없었다.

"언니가… 아파요. 며칠 전에 갑자기 쓰러졌는데, 아직…"

"네? 101호 아주머니가요? 아니 어디가"

나는 내려가 여자에게 몇 마디 더 들을 수 있었다. 며칠 전 새벽에 101호는 쓰러졌고, S병원 중환자실에서 의식불명이다가 오늘 아침에서야 깨어났으며 병명은 '따부따이따이병'으로 굉장히 희귀한 병이고, 당장 한 치 앞도 장담할 수 없는 상태라는. 아침에 가까스로 의식이 깨자마자 동네 아주머니들 안부부터 물었다는 사실도 전해주었다. 무언가를 챙기기 위해 잠시 들렀다는 여자가 101호로 울며 들어가고서야 나는 집으로 들어올 수 있었다.

언니를 보시려면 지금 내려오세요. 내일을 장담할

수 없으니까. 울며 들어간 여자가 남긴 말이 귀를 맴돌았다. 머리가 띵하고 가슴이 심하게 요동쳐 진정이 되지 않았다. 물을 한 모금 마시면서 옷을 갈아입었다. 아이가 유치원에서 돌아오기 까지 다섯 시간 밖에 남지 않았으므로 그동안 얼른 101호를 보고 와야겠다는 생각밖에 들지 않았다. 내일을 장담할 수 없다지 않은가. 황급히 계단을 내려갔다. 그 짧은 계단을 젤리슈즈까지 신고 조심조심 내려가기도 했던. 유치했던 감정들을 지워버리고 싶었다. 쿵쾅거리는 발소리가 장미빌라를 흔들고도 남을 만큼 크게 울렸다. 101호의 초인종을 누르려다 잠시 멈칫했다. 그렇다고 당장 여자를 따라가는 것이 맞는 일인지 잠시 혼란스러웠다. 그때, 나의 망설임을 비웃기라도 하듯 101호의 문이 벌컥 열렸다. 큰 가방을 들고 다시 나온 여자의 얼굴은 수심이 더 깊어 보였다. 날 보는 여자의 얼굴에 순간 비친 '고마움' 혹은 '안도'를 읽었다면 오버였을까. 나는 함께 여자의 차로 갔다. 여자가 조수석의 문을 열어 주었다. 차 안은 의외로 지저분했다. 하긴 의외랄 수도 없겠다. 101호의 동생이라면 충분히…. 운전석에 탈 줄 알았던 여자는 뒷좌석에 앉고, 여자의 남편이라는 젊은 남자가 운전을 했다. 여자와 자리를 바꾸고 싶었지만, 여자는 거기가 편하다고 했고, 그게 무슨 대수로운 일이냐는 듯 남자는 곧장 차를 출발시켜버렸다. 뒷좌석에 앉은 여자는 한참을 흐느끼더니 내게 이런 저런 질문을 했다. 101호와의 관계에 대한 것들이었다. 대답을 하다 보니 나와 101호의 인연이 길진 않았지만 꽤 깊은 것 같기도 했다. 101호가 내게 베풀어준 친절과 호의에 대해 이야기하다가 목이 메기도 했다. 고마움을 말할 때마다 삼켜야 했던 미안함. 당신의 언니는 내게 참 좋은 사람이었다, 많은 사람들이 당신의 언니를 좋아했다, 그런 말이 가족에겐 위안이 될 것이라 믿었다. 함께 말하다 훌쩍이다를 하다보니 마치 101호가 이미 고인이 된 것 같은 착각도 들었다. 방정맞게 불길한 생각을 한 내 자신을 스스로 책망하다 보니 어느새 S병원에 도착했다. 남자는 응급실 앞에 차를 세워 우릴 먼저 내려주고 주차장으로 갔다.

그녀를 따라 꼭대기 층 중환자실로 향했다. 1인실이긴 했지만 15층에 환자는 오직 101호 하나 뿐인 게 아닐까, 하는 생각이 들 정도로 병원은 적막했다. 병실문은 열려 있고, 그 안에 중문은 닫혀 있었다. 중문 옆벽은 밖에서 안을 들여다볼 수 있도록 유리로 돼 있는

데 커튼이 쳐져 있었다. 예상과 달리 101호 남편과 아들, 다른 가족들은 없었다. 며칠 병간호 하느라 가족들은 많이 지쳤을 것이다. 그제서야 그 흔한 음료수 하나 없이 병문안을 왔다는 사실을 깨달았다. 101호 몫의 한라봉이라도 가져오는 게 좋았을 것이다.

"언니 상태좀 보고, 전담 간호사한테 면담을 허락받고 올게요"

여자가 가운을 걸치고 머릿수건과 큰 마스크를 쓰더니 소독을 하고 들어갔다. 면담이 불가능할 정도는 아니길 바라면서도 적막한 분위기에 압도되어선지 자꾸 불길한 생각만 들었다. 만약 101호를 본다면, 마지막일지도 모르는데 나는 무슨 말을 해야 하지? 그냥 손을 잡고 고마웠다고 말을 할까? 늘 주책스러울 정도로 웃던 그녀가 어떤 표정으로 누워있을지 상상이 되지 않았다. 곧 여자가 눈물을 찍으며 나와 면회가 불가능한 상황이라고 말해주었다.

아, 삶의 덧없음이란! 눈시울이 뜨거워졌다. 그대로 집에 돌아가자니 발길이 떨어질 것 같지 않았다.

"감염 때문에 들어가실 수는 없지만, 여기에 대고 말씀 하시면 병실에서 들리거든요. 언니가 알아들을지는 확신할 수 없지만, 어차피 마지막이 될 테니 하실 말씀이 있으시면…."

여자는 유리 벽 옆에 초인종만 한 회색의 직사각 스피커를 가리켰다. 면담조차 불가능한 상태의 환자와 가족의 유일한 소통구일 그것을 보니 가슴이 아렸다. 할 말을 정리할 시간이 필요했다. 그러고 보니 그동안 나는 101호한테 먼저 말을 꺼내 본 적이 없었다. 어차피 시간을 오래 가져도 할 말이 정리되지 않을 것 같아, 일단 스피커 앞에 섰다. 심장이 뛰고 얼굴이 화끈 거렸다. 말하기 버튼을 누르면 나는 어떻게든 101호에게 마지막 인사를 건네야 할 텐데, 그제서야 호칭이 마땅치 않음을 깨닫는다. 아줌마라 부르기엔 미안하고 언니라기엔 내가 쑥스럽지만 그래도 그편이 나을 것 같았다. 마음을 가다듬는데 여자가 재촉하는 눈빛을 쏘았다. 말하기 버튼을 눌렀다. 붕, 병실의 분위기는 스피커가 작동되는 낮은 전자음 보다도 고요한 모양인지, 안에서 전해지는 소리는 전무했다. 용기를 내야 했다.

"저… 윗층… 민규 엄마예요. … 잘 이겨내실 수 있을 거예요…. 저… 기…, 그동안 많이 챙겨주셔서 고마웠어요. 착하고 좋은 분이시니까 아마 다 잘되실 거예요. 퇴원하시면 제가"

갑자기 목이 메어 말을 이을 수가 없어 스피커를 껐다. 과연 101호는 퇴원이 가능하기는 한 걸까. 옆에서 여자가 자꾸 울어선지 나도 자꾸만 감정이 북받쳐 울컥했다. 사경을 헤매는 사람, 내 말을 제대로 들었는지 조차 확신할 수 없는 중환자한테 슬픈 감정을 전달할 필요는 없었다. 감정을 추스르고 있는 내게 여자가 손수건을 건네주고는 병실 밖으로 나갔다. 나는 다시 스피커를 켰다.

"퇴원하시면 제가…잘할게요. 그동안 죄송했구요…고마웠고…힘내세요…. 언…"

'니'를 붙이려다 남세스러워서 순간 차단 버튼을 눌러버리고 말았다. 언니라는 말은 끝내 미완성이구나. 내 주제가 이만큼 밖에 되지 않는다. 그래도 속은 다소 후련해졌다. 이제 그녀가 어떻게 된다 해도 크게 죄책

감을 가지진 않아도 될 것 같은 기분이 들었다. 그래도 그것이 101호와의 마지막은 아니길 잠시 기도하며 돌아 나서려는데 병실 중문이 열렸다.

"잠깐만요, 이은혜 환자분께서 잠시 의식이 돌아오셨어요, 하실 말씀이 있다시니 버튼을 다시 누르세요"

간호사의 상기된 음성에 어느새 내 옆에 와있는 여자의 낯에도 화색이 돌았다. 여자가 얼른 버튼을 눌러주며 나를 스피커 앞으로 잡아 끌었다.

"민규야… 와줘서… 고마워. 덕분에… 내가… 내가…"

기운이라곤 쏙 빠진 낮고 작은 목소리. 반갑고도 안타깝고도 뭔가 어색하고 낯설었다.

"내가 민규네… 덕분에… 김치… 김치냉장고를 받을 수 있겠어. 이거… 몰래… 카메라야"

지금 101호는 무슨 말을 하고 있는 것인가. 어리둥

절할 새도 없이 중문이 거침없이 활짝 열렸다. 그 안에서 호쾌한 웃음소리가 트레이드마크인 중년 여자 탤런트 J씨가 웃으며 나오고, 크고 작은 카메라들이 내 앞으로 밀려 나왔다. 동생이라는 여자를 눈으로 찾았다. 내 손을 잡더니 저는 연기자예요, 했다. 아찔했다. 내 앞에 있는 낯선 사람들이 통으로 나를 속였다는 것인가? 누가, 무엇을 위해, 왜? 화가 치밀어 올랐다. 하지만 누구한테 화를 내야할지 조차 몰라 난감했다. 101호는 아직 저 안에 숨어있단 말인가?

"하하하하하. 당신의 이웃은 안녕하십니까, 오늘 네 번째 좋은 이웃이 탄생했습니다. 5일간 아무도 오지 않아서, 이번엔 실패인가, 가슴이 조마조마 했다니까. 하하하하하. 어때요? 우리 주인공이 아직 얼떨떨한가 보다. 여기로 좀 와봐요~ 아랫집이 며칠 째 연락도 없이 집은 조용하고, 무슨 생각이 먼저 들던가요?"

더이상 그곳에 있을 필요가 느껴지지 않았다. 그대로 돌아 나왔다. 동생이라던 연기자와 다른 여자가 나를 붙잡았다. 동생이라던 여자는 미안하다고, 프로그램 담당 작가라는 여자는 잠시 이야기 좀 하자고 했다.

사과를 받을 마음도, 잠시 이야기할 여유도 없었다. 카메라를 들고 계속 쫓아오는 남자는 운전을 했던 사람이었다. 쩔쩔매며 나를 잡아끄는 작가라는 여자의 손을 뿌리치고, 병원 앞에 서 있던 택시를 탔다. 휴대폰이 미친 듯이 울려댔다. 전원을 꺼버렸다.

　엉망진창인 하루가 어둠 속에 방전되고 있었다. 몸도 마음도 완전히 지친 밤, 불쾌함만은 생생히 깨었다. 컴퓨터로 검색해보니 〈당신의 이웃은 안녕하십니까〉는 신청자의 특성에 맞게 강도 침입으로 위장하거나, 잠적한 후 몰래카메라로 이웃의 반응을 살피는 프로그램이었다. 모 케이블TV에서 방영된 지 얼마 되지 않았지만 두어 차례 이슈가 된 적도 있는 듯했다. 별 시답잖은 프로그램이 다 있군. 기획 의도는 그럴싸해 보인다. 옆에서 사람이 죽어도 모르는 각박한 세상, 이웃에 관심을 갖자고. 다 좋은데 왜 하필 나여야 하는지. 홈페이지를 살피는 것만으로도 얼굴이 화끈거리는 나는 TV 프로그램의 주인공이 될 수 없었다. 무엇에 홀려 내가 병원까지 찾아갔을까. 며칠 전까지만 해도 귀찮아 도망갈 궁리만 했던 이웃이 아니던가. 며칠 안 보이니 걱정이 됐기로서니 기운 넘치는 그녀가 갑자기 죽을병에 걸렸다는 것을 너무 쉽게 믿어버린 내 자신이 어처구니없었다. 스피커에 대고 이야기를 할 때 북받쳐 오르던 감정, 언니까지 해버렸다면 나는 지금 혀를 깨물었을지도 모르겠다. 병실에서 벽 하나를 사이에 두고 나를 속이며 재밌어했을 사람들, 웃음을 참느라 낑낑댔을 101호의 짓궂은 표정과 멍청하게 스피커 앞에서 울던 내 모습이 오버랩 되면서 얼굴이 한껏 달아올랐다. 101호는 나를 놀리며 재밌었을까. 덕분에 김치냉장고라니, 정말 용서할 수 없는 사람이었다.

이사를 해버리고도, 싶지만 현실적으로 가능한 일이 아니었다. 또한 새로 만날 이웃들에 대해 생각하면 자신도 없었다. 101호가 말이 많고 지나치게 친절하고, 눈치가 없긴 해도 나쁜 이웃이라기엔 애매한 구석이 있다. 만약 입장이 바뀌었다면 아마도 나한테 제일 먼저 달려와 주었을 것이다. 무언가 이상하다는 것을 알아차리는 데 하루가 채 걸리지 않았을지도. 문득 5일이나 걸려 그녀를 찾아갔고, 한 이틀은 안 보인다고 마냥 신나했던 내 모습이 부끄럽기도 했다. 설마 그런 것도 TV 카메라에 다 찍힌 거 아닌가 싶은 생각이 들자 얼굴에 열기가 훅 올라왔다. 거실로 나온 남편이 물

한 컵을 갖다주었다.

"어차피 이렇게 된 거, 양심 불량을 찾습니다도 아니고 잘 지내는 이웃 소개하는 건데 나쁘지 않을 것 같아. 방송도 당신땜에 펑크나면 좀 그렇잖아. 아랫집 아주머니도 그래. 우리가 그동안 신세도 많이 졌는데, 기꺼이 속아주고 그냥 좋은 게 좋은 거면 안 되겠어?"

그렇게 좋은 역은 당신이나 하라고 대꾸하는 대신 남편을 쏘아보자, 남편의 뒤통수가 멋쩍게 사라졌다. 하긴 이제 그 프로그램은 어떻게 되는 걸까? 작가인지 하는 여자한텐 관심이 없지만 101호가 난처하게 되었을지 모른다는 생각도 들었다. 101호는 지금 어디에 있을까. 아직도 병실에서 다음 이웃의 방문을 기다리고 있을까, 아니면 지금 집에? 어디에 있든 나한테 미안한 마음일 테지. 내가 그렇게 나와 버린 것은 너무 심했나? 하지만 다시 생각해봐도 나는 거기에 있을 수 없었다. 오히려 내가 거기까지 간 것을 후회하는 편이 맞았다. 앞으로 그녀를 어떻게 볼지 막막하다. 어떻게든 나한테 사과를 하려고 들 101호를 어떤 표정으로 대해야 할지, 그 사과는 받아주어야 할지 말아야 할지,

받아준다면 어떤 식으로 받아줘야 할지 여러 가지 경우의 수에 따른 고민의 파편들로 어지러웠다.

종일 꺼두었던 휴대폰을 살며시 켜본다. 깊은 잠에 빠져있던 전화기가 기지개를 켜기가 무섭게 묻혀있던 메시지들이 울고불고 야단이다. 부재중 전화 9통, 문자 메시지 4개, 음성 메시지 1개. 방송을 허락해달라는 작가의 문자들 사이로 '민규야 음성메시지 확인하고 나한테 연락줘' 101호의 문자가 눈길을 잡았다. 음성메시지는 101호의 사과일 테지, 청취를 눌렀다.

〈창피했어? 뭐 어때? 선물도 받고 좋지. 재밌잖아. 여기 작가, 피디들은 자기땜에 죽을상 됐어. 하여튼 웃겨 죽겠어. 나 이러고 이틀은 더 기다려야 되거든. 다영이 엄마한테 살짝 귀띔 좀 해주던지 자기가 다시 오던지 해. 좋은 이웃으로 선정되면 티비주는 거야. 민규네 티비도 없잖아.〉

전화기의 전원을 꾹 눌러 끄고 배터리도 빼버린다. 집 안이 답답해서 바람을 쏘이고 싶지만 나갈 자신은 없었다. 현관문을 열고 나가면 카메라가 들이닥칠 것만 같았다. 거실에 혼자 있는 것이 분명한데도 몸짓이 뭔가 자연스럽지가 않았다. 어디선가 나를 지켜보는 시선이 있을 수도 있다고 생각하니 온몸에 소름이 돋았다. 두리번거려보지만 눈에 띄는 카메라 따위 없다. 그런데 우리네 삶 자체가 어쩌면 거대한 몰래카메라일 수도 있지 않을까. 지구라는 무대에서 각각 주연이자 조연인 삶을 사는 동안 만나게 되는 크고 작은 시련들, 그 모든 것이 몰래카메라의 미션이라고 생각하면 어떤 것이라도 오히려 담담하게 맞을 수 있는 것인지도 몰랐다. 그동안 만났던 예민하고 고약한 이웃, 또 귀찮을 만큼 친절한 이웃, 나 또한 누군가에게 견디기 어려운 미션이었지도 모를 일이다. 그 모든 것이 몰래카메라였다면 무엇을 위한 것일까. 최신형 김치 냉장고나 텔레비전 같은 '보상'은 과연 무엇이었을까. 문득 내겐 앞으로 어떤 미션들이 기다리고 있을지 문득 궁금해졌다. 그러고 보면 내겐 그 흔한 텔레비전이 없고, 101호는 김치냉장고가 바꿀 때가 되었음을….

베란다로 나가 문을 활짝 열고 바람을 맞는다. 여기저기 품었다 쫓겼다 돌고 돌아 내 코끝에까지 닿았을 차가운 공기를 깊이 들이마신다. 고개를 들어 그 흔한 별 하나 보이지 않는 서울의 밤, 한순간도 꺼진 적이 없을 가짜별 하나를 찾고 있다. 어디에 숨어 지켜보고 있을까. 멀리 고층 아파트마다 콕콕 박힌 불빛들이 꺼지고 켜지는 것을 한참 본다. 어둠 속에선 거리를 가늠할 수 없는 불빛들이 새롭다. 내 몸속 깊은 곳까지 돌고 돌다 숨어버린 바람을 힘주어 뱉어내 바깥 공기에 섞는다. 내 숨이 흩어져 닿을 곳들이 어디일지 모조리 다 알고 싶어진다.

지금 이 순간도 크고 작은 미션에 울그락불그락, 울고 웃을 세상의 모든 이웃들, 남몰래 젤리슈즈를 고쳐 신고 있을지도 모르는, 당신의 이웃은 안녕하십니까.

누리은행 돌연사

형사가 챙겨준 투명 비닐 팩을 열어보니
주인 잃은 휴대폰과 지갑이 들어 있다. 휴대폰을 열어본다.
'오늘도 달린다'가 가로로 천천히 달리고 있다.

비가 내린다, 돌연.

건들장마, 며칠째 여름이 숨을 거둘락말락 하며 지지부진하게 비를 뿌리곤했다. 꽤 굵직한 빗방울들이 앞 다투어 내려온다. 어디로… 가야할지, 미란은 잠시 방향을 잃었다. 손에 쥐고 있던 부검의(剖檢醫) 소견서를 가방에 구겨 넣는다. 현기증이 인다. 건들건들, 미란은 빗속으로 걸어 들어간다. 빗물에서 비릿한 냄새가 난다. 냄새는 곧 사방으로 퍼진다.

"당신들, 가만두지 않을거예요"

미란의 울부짖음에 노조위원장은 고개를 아래로 떨구었지만, 입꼬리에 붙은 냉소까지 감추진 못했다.

"지금 비웃는 거예요?"

노조위원장은 그럴 리가 있겠냐며 일단 진정하라고, 공손한 어조로 말했다. 누리은행 직원은 신입이든 행장이든 모두 한 가족이라고, 그렇기 때문에 모두가 아파하고 있다고 했다. 아픈 사람끼리 만나서 시시비비를 가리는 건 서로 생채기만 내는 일이라고, 더 이상 유족과 볼 일도 사실은 없는 거라며, 나머지는 각자의 몫인 것 같다고도 했다. 그러더니 미란의 대답이나 인사 따위는 기다리지도 않고 쫓기듯 자리를 떴다. 마음이 아프다는 말의 여운이 메스꺼워 식은 커피를 들이켰다. 그때 횡경막 부근에서 부글부글, 지글지글 무언가 위태롭게 끓어오르는 소리가 들렸다. 폭발 직전인 압력솥처럼 단단한 것에 갇혀 며칠째 끓기만 하는 무엇 때문에 속이 뜨거웠다. 배를 움켜쥐자 더욱 끓어댔다. 절로 나오는 신음 끝에 꺼억, 압력솥이 증기를 뿜듯 트림이 연거푸 나왔다. 좋지 않은 것이 끓었던 모양인지 냄새가 지독했다. 계란 썩은 냄새 같기도 하고 시궁창 냄새 같기도 했다. 코끝에 남아있던 것인지 속에서 바로 막 올라온 것인지는 확실치 않지만, 꽤 익숙해진 냄새였다.

어디서 썩은 내가 나지 않냐며 미란이 킁킁거렸을 때 오 여사는 이제 본인은 코도 늙었나보다고 대수롭지 않게 대꾸했다. 그러나 한 번 킁킁 거리기 시작하면 밤 늦도록 냄새의 진원지를 찾아 온 집을 헤집고 다니는 것도 모자라 구석구석을 닦아대는 미란을 더이상 그대로 둘 수 없다고 생각했을 때는 반질반질해진 집 안의 구성품들과 대조를 이루면서 도드라지게 창백한 낯빛이었다.

"난감할 정도로 썩었습니다"

의사의 말이었다. 혹시 그것이 달걀인가요?, 라고 미란이 물었을 때 의사는 이제 막 부화한 병아리라고 말했다. 썩은 알에서 깨어났으니 썩은 병아리인 것은 자명하며 잘 자랄 수 있을지, 그대로 성장을 멈출지는 오직 병아리의 몫이라고 했다. 미란은 어떻게든 살아 남으려고 애쓰는 썩은 병아리의 신음이 들릴 때마다 꺼내주고 싶었다. 그러나 좌절 앞에 구역질만 날 뿐이고, 점점 썩은 내에 익숙해질 뿐이었다.

"엥간치 허자. 산 사람은 살아야지 않겄냐."

현관문 앞에서 숨을 고르고 암호를 누르는데, 두 번째 숫자를 채 누르기도 전에 문이 열렸다. 맥없이 들어서는 미란을 향해 오 여사가 한숨과 섞어 던진 말이다. 김형사의 전화를 받고 그대로 뛰쳐 나갔다가 서너 시간이 지나서 기운 없이 들어서는 모습에 왠지 모를 부아가 치민 것이다. 실은 작정하고 모진 소리를 하려고 별렀지만, 초췌한 모습에 마음이 약해지고 말았다. 말없이 고개를 숙이고 방으로 들어가는 미란의 뒤통수에 한숨만 얹을 뿐이다. 어두운 방안은 잠에 흠뻑 취한 윤재의 숨소리로 가득 차 있다. 옆에 누워 윤재를 안아본다. 여섯 살 아이의 담백한 체취가 미란을 감싼다. 고된 하루였다. 명확한 사인(死因)을 알기 위해 한 달을 기다렸는데, 결국 원인은 밝혀지지 않았다. 사인 미상은 너무 무책임한 통보였다. 어차피 밝힐 수 없는 것이었다면 그렇게 몸도 마음도 헤집어선 안 되었다.

사람이 죽었는데 원인이 없다니, 말이 되나요?, 라고 말하는 미란의 목소리가 심하게 떨렸다. 전화를 건 김형사는, 말하자면 돌연사인데 원인이 밝혀지지 않은 경우도 왕왕 있다며 자세한 건 부검의(剖檢醫) 소견서를 확인하라고 했다. 내일은 그 소견서를 받으러 경찰서로 가야 했다. 돌연사(突然死), 하루아침에 돌연 죽을 수도 있을 만큼 사람의 목숨이, 살아 있다는 것이 실은 아무 것도 아닌 것이다. 자살이 아닌 것에 내심 안도하면서도 미란은 답답했다. 처음부터 재영이가 자살했을 리는 없다고 굳게 믿었지만, 한 달간 보여준 누리은행의 행태를 보며 어쩌면, 이라는 생각도 했던 미란이었다.

재영이가 일하던 누리은행 M 지점은 실적이 가장 높은 슈퍼등급 지점이었다. 그러나 재영이가 입사한 직후인 1/4 분기 실적평가에서 2위로 밀려났다. 오직 근성으로 초고속 승진한 김오중 지점장은 3개월 만에 1위를 탈환하는 기염을 토했다. 그런데 찬 물을 껴얹듯, 그 지점 신입 사원이 죽은 것이다. 그가 미란의 동생 재영이었다. 사망 당일부터 누리은행에선 자살설이 떠돌았다. 김오중 지점장이 워낙 피도 눈물도 없다는 평을 받고 있는 터라 첫 부임지의 신입사원이 자살한 2년 전 사건까지 회자되며 흉흉한 소문들이 나돈 것이다. 그런 사실을 미란은 동생이 죽은 열흘이 지나고서야 알게 되었다.

고향에서 삼우제(三虞祭)를 지내고 서울로 올라온 주말, 자취방을 정리하느라 모인 재영의 친구들 가운데 대학 동기이자 누리은행 입사 동기인 영식이 울먹이며 말했기 때문이다. 만약 재영이가 자살했다면 그것은 지점장이, 은행이 죽인 거나 다름없다며, 뇌물수수의 의혹을 받아온 사실을 이야기했다. 재영이 대출을 담당한 중소기업이 흔들리자 지점이 크게 동요됐으며, 그 화살이 신입사원이 재영에게 돌아갔다고 했다. 재영이 뇌물을 받고 부실기업에 돈을 대출해주었다는 식으로 지점장이 몰아가며 다그쳤다고. 그러다 보니 자연스레 자살설이 돌았고, 올해만 누리은행에서 두 명이 자살하고 두 명은 과로사로 유명을 달리해 임원진이 굉장히 민감하게 반응하고 있다는 내부 분위기도 전해주었다. 재영이 죽자마자 본사에서는 신입사원들에게 동보메일로 입단속부터 요구했고, 영식에겐 일주일간 야근도 빼주면서 특별 관리를 했다고도. 재영의 지점에선 위령제를 했다는 사실도 영식을 통해 처음 들었다. 그쯤 되자 다른 친구들의 성토가 자연스레 이어졌다. 재영이 친구들과 집들이를 하던 주말에도 새벽에도 지점장의 호출을 받고 나갔다가 아침이 되어서야 돌아온 이야기며, 담당은 기업 여신인데 카드 실적에 대한 압박으로 힘들어했다, 차라리 야근이 낫다며 일찍 퇴근하는 날은 회식과 폭음으로 이어진다는 하소

연을 들은 이야기 등등.

그제야 미란은 박기정 계장을 한 번 만나봐야 겠다는 생각이 들었다. 재영이가 영원히 잠든 날 미란보다 먼저 자취방에 와 있었던 그가 궁금한 점이 있거나 부탁할 일이 있으면 연락하라고 명함까지 건네준 사실이 떠올랐기 때문이었다. 그러잖아도 은행에서 재영의 유품을 받아야 했기에 겸사겸사 전화를 걸었다. 미란은 박 계장이 자신의 전화를 달가워하지 않는다는 느낌을 받았지만, 오해려니 했다. 재영의 동료직원인 박 계장은 현장에서부터 장례식장까지 미란과 함께하며 이따금 미안하다고도, 눈물을 훔치기도 했다. 그날은 그랬다.

그날,

계속되는 열대야에 며칠 잠을 설쳤던 미란이 모처럼 숙면을 취하고 흡족했던 아침이었다. 집 전화와 휴대폰이 거의 동시에 울렸다. 휴대폰에 뜬 번호는 모르는 번호여서 집 전화를 받았다. 친정아버지였다. 안부를 생략하고 다급한 목소리로 재영이 집으로 빨리 가보라고 했다. 왜냐고 물을 새도 없이 전화를 끊자마자 미란은 그대로 나가 택시를 잡아탔다. 차로 20분은 족히 되는 거리였다. 아버지의 목소리에 불길한 예감을 떨칠 수가 없었지만 아무리 생각해도 재영이한테는 불행한 일이 있을 만한 것이 없었다. 그제서야 재영이한테 전화해볼 생각이 났다. Don't Cry, 건즈앤로지스의 노래가 일정 구간 두 어 차례 반복이 되도록 전화는 연결이 되지 않았다. 시간을 보니 9시 30분, 업무에 바쁠 시간이었다. 재영은 업무시간에 휴대폰을 받는 일이 없었다. 은행으로 직접 전화를 걸어볼까 하다가 불현듯 아버지 전화와 동시에 울리던 번호가 은행일 수도 있겠다는 생각이 들었다. 저장된 번호를 찾아 확인해보니 끝자리 하나만 달랐다. 짐짓 불안해진 마음으로 부재중으로 찍힌 번호를 눌렀다. 예상대로 누리은행이었다. 안재영 계장을 바꿔 달라니 없다고 했다. 안재영의 누나임을 밝히자 키 당번이라 6시에 은행문을 열었어야 할 안 계장이 여덟시가 넘어도 출근하지 않아 가족들한테 연락을 취했던 거라고 했다. 아직도 출근은 하지 않았으며 직원 하나를 재영의 집으로 보냈다는 말도 들을 수 있었다.

늦잠을 자는 모양이었다. 아침형 인간의 사전에는

지각이란 게 없다며 큰소리치던 재영의 모습이 선했다. 도착하여 깨운 후에는 야단법석이 된 지각 사건을 두고두고 놀릴 참이었다. 친정집에 다시 전화를 걸었다. 받는 사람이 없었다.

창 너머 낯익은 간판들이 눈에 들어왔다. 이 골목의 끝에 재영의 자취방이 있다. 가볍게 콩닥거리던 가슴이 쿵쿵 무겁게 흔들리기 시작했다. 택시에서 내리자마자 미란은 현기증에 잠시 몸이 휘청했다. 재영의 집 앞에 경찰차가 서 있었다. 미란은 신분증을 보이고서야 들어갈 수 있었다. 영문을 물으려했던 미란의 입에서 뜻밖에 재.영.아. 세 음절이 툭 튀어나왔다. 모두가 놀랄 만큼 크게 떨리는 음성이었다. 신발을 신은 채로 뛰어 들어갔다. 침대 앞에 폴리스라인을 치던 경찰이 미란을 보더니 잠시 접었다. 예상대로 재영이는 자고 있었다. 침대 위에 곧게 누워 달게 자고 있었다. 살짝 머금은 미소엔 장난기도 묻어 있었다. 잠이 깼는데 큰 소동을 피운 것이 민망해 여전히 자는 척을 하는 모양이었다. 녀석을 얼른 깨워 출근시켜야 했다. 그런데 의외로 깊이 잠들어 있었다. 많이 피곤한 모양이었다. 더 세게 흔들기가 미안했지만 어쩔 수 없었다. 힘껏 흔들어보고, 어깨를 두드리고 볼을 손바닥으로 문질러 보기도했다. 그러나 재영은 미동도 하지 않은 채 그저 미소지으며 잠에 취해 있을 뿐이었다. 미란은 어찌해야 할지 난감했다.

누군가 방에서 모두 나가라고 외쳤다. 미란은 그저 자는 재영의 품에 고개를 묻은 채 앉아 있었다. 재영을 어떻게 깨워야할지 좀 더 고민해야 했기 때문이다. 누군가 나가고 방문이 닫혔다. 형사는 재영이가 잠든 지열 시간 이상은 된 것 같다고, 시반은 물론, 이미 부패가 시작됐다며, 119에서도 출동했다가 그냥 돌아갔다고, 마음을 단단히 먹으라고 했다. 혼잣말치고는 꽤 친절하고 대화치고는 다소 일방적인 어조였다. 금세 재영의 침대가 폴리스 라인 안으로 들어갔다. 어디선가 기분 나쁜 냄새가 스멀스멀 올라온다고 느낀 것은 바로 그때였다. 날카롭게 코를 찌른다기보다 유유히 방안을 흐르며 콧속을 넘보는 연한 썩은 내가 미란을 은근하게 감쌌다. 구역질이 났다.

재영이를 옮겨야 한다고 했다. 흔들고 소리를 쳐도 깨지 않을 만큼 곤히 자는데 깨우고 싶지 않다는 말에 위치를 옮겨도 절대 깨지 않을 거라고 말한 것은 폴리스 라인을 친 형사였다. 누나는 잠깐 밖에서 기다리라며 재영에게 붙어있던 미란을 떼어내곤 방문을 닫아버렸다. 미란은 정신이 몽롱해졌다. 뭘 어떻게 해야 할지 아무 생각도 할 수 없었다. 아버지에게 전화를 걸었다. 기차를 타고 서울로 오는 중이라고, 천안역쯤 왔다고 했다. 아버지의 목소리는 차분했다. 남편에게 전화를 걸었다. 재영이가 잠들었다는 말에 무슨 말이냐고 화들짝 놀라는 남편의 목소리를 들으니 덜컥 겁이 났다. 전화를 끊어 버렸다.

십 분이나 지났을까. 형사가 뭐라고 소리를 치자 방문이 쿵 열렸다. 서너 명의 남자가 하얀 시트로 돌돌 감싼 진흙이거나 단백질일, 꽤 크고 길다란 무엇을 들고 나왔다. 만약 그것이 나무라면, 하얀 시트 안에는 이제 막 열매를 맺으려 하는 초록 잎이 무성한 177센티, 68킬로그램의 나무가 뿌리째 뽑혀 있을 터였다. 미란은 순간 다리가 휘청거렸다. 그들의 앞을 막아섰을 때 미란의 어깨를 잡아 세운 것은 재영의 옆자리에서 일한다는 박기정 계장이었다. 박 계장은 눈물 맺힌 눈으로 죄송하다고 했다. 왜 그가 죄송하다고 하는지 그런 것을 생각할 겨를이 없었다. 허무하게 뿌리가 뽑힌 나무가 어디론가 옮겨가는 것을 막아야 한다는 생각뿐이었다. 하얀 시트에 싸인 그것은 밖에 대기하고 있던 구급차에 실렸다. 미란이 따라 들어가 하얀 시트를 더듬어보았다. 얼굴까지 뒤덮고 양팔을 죄수처럼 가운데로 모은 채 꽁꽁 묶인 것은 재영이가 분명했다. 웃으며 자고 있던 재영이의 표정이 혹시 시트 안에서 변한 것은 아닐지 궁금했다. 시트 위로 더듬는 손끝에 무섭도록 차가운 냉기가 전해졌다. 시트를 걷어내고 편히 뉘여 자게 해주고 싶었다. 그러나 가슴에서 한 번, 정강이에서 한 번 단단히 묶인 끈은 미란이 아무리 풀려고 해도 풀리지 않았다. 다시 온기가 돌 때까지 안아주는 수밖에 없었다. 선택할 수 있는 병원은 두 군데라고 했다. 순천향병원과 신촌 세브란스 병원, 순천향병원은 가 본 적이 없었다. 재영을 실은 구급차는 세브란스 병원을 향해 출발했다. 동시에 미란은 형사의 손에 끌려 경찰서로 가야 했다. 독한 악몽일 뿐이라고, 미란은 마음을 다잡았지만 어지러움증만 계속되었다.

난생처음 가 본 경찰서는 미란처럼 악몽에서 깨지 못한 사람들로 어수선했다. 깨고 싶어 우는 사람, 꿈결에 몽롱한 사람, 꿈인 것을 확인하고 싶은 듯 고래고래

소리치는 사람들이 간혹 눈에 띄었다. 의자에 앉고 보니 옆자리엔 어느새 박기정 계장이 와 앉아있었다. 재영이의 회사 생활에 대한 문답이 오가고 있었다. 재영이와 동갑이지만 일 년 입사 선배라는 박 계장은 이따금 눈물을 훔쳤다. 이틀 전인 토요일, 은행에서 안 계장이 소화가 되지 않는다며 종일 아팠다는 말을 하고 있었다. 미란이 끼어들며 그래서 재영이가 병원에 갔느냐고 물었으나 심문하던 형사한테 저지당했다. 미란은 박 계장과 나란히 앉아 각각 다른 형사에게 심문을 받았다. 최근 동생과 연락한 게 언제였냐, 그때 어떤 말을 나눴냐, 재영이 힘들어 한 일이 뭐였냐, 평상시의 행동과 사고방식 등에 관해 묻더니 가족관계, 가족관 등에 대해서도 꼬치꼬치 캐물었다. 그러고 보니 삼 일 전, 주말에 밥 먹으러 오라는 미란의 전화에 '며칠 자고 싶다'고 한 것이 마지막 말이었다. 정말 잠이 절실했던 모양이다. 그러니 출근도, 부모도 잊은 채 잠에 빠진 것이리라. 몇 가지를 짧게 묻더니 미란과 박 계장 앞에 앉은 두 형사가 서로 내용을 주고받으며 확인하는 듯했다. 잠시 후 미란과 박 계장을 동시에 보며 그 전 일주일의 행적을 같이 되짚었다. 그러니까 전날인 일요일은 쉬었고, 토요일은 자정까지 일하고 술을 한

잔했으며, 금요일엔 지점 회식이 있었다고 했다. 그 주 내내 야근을 했다고도.

끝으로 형사는 부검에 대해 설명하며 미란의 동의를 구했다. 그제서야 미란은 왜 동생이 늦잠을 자는데 경찰이 출동해 폴리스라인을 치고, 자신이 동생을 따라 병원으로 바로 가지 못한 채 경찰서로 오게 되었는지 비로소 감을 잡을 수 있었다. 거기에 형사가 쐐기를 박았다. 타살의 혐의는 보이지 않지만, 가능성은 열어둘 것이고, 자살인지 자연사인지는 부검에서 밝혀질 것이라고. 일단 부검에 대한 유족의 동의가 필요한 상황이라고 했다. 미란은 절대 자살은 아닐 거라고, 그럴 아이가 아니라고 장담했지만 실은 모를 일이었다. 약물을 복용한 것일 수도 있다는 형사의 말에 반박할 수 있는 근거는 어디에도 없었으니까.

어쨌든 순식간에 동생은 고인이 되었고, 미란은 유족이 되었다. 부검은 미란이 혼자 결정할 수 있는 문제가 아니었다. 아버지한테 전화를 걸었다. 신호음을 들으면서 뭐라고 말을 꺼내야할지 미란은 착잡했다. 생각이 채 정리가 되기도 전에 아버지가 전화를 받았다.

"아빠, 재영이……는 지금 세브란스 병원에 있어
요"

힘들게 시작한 말이었는데, 아버지는 담담하게 이
미 그 앞이라고 했다. 더 이상 말을 잇지 못하고 머뭇
거리자 형사가 전화를 빼앗아 들었다. 그러더니 미란
이 차마 입에 담을 수 없었던, '부검'이라는 단어를 세
번 정도 쓰고는 전화를 끊었다. 더 이상 미란이 부검에
동의하는 것을 고민할 필요는 없었다.

용산 경찰서를 나왔다. 박 계장이 자신의 차로 병원
에 가자고 했다. 뜨겁게 달구어진 차에 올라타 창밖의
꿈꾸는 사람들을 바라보고 있자니 미란은 비로소 꿈이
깨는 듯했다. 속이 쿡쿡 찌르면서 쓰리더니 뜨거운 신
물이 올라왔다. 꺼억꺼억 속 빈 트림이 계속 나왔다.
어쩌면 그것이 울음인지도 몰랐다. 운전을 하던 박 계
장이 티슈를 주며 또 미안하다고 했다. 미란은 은행에
서 무슨 일이 있었는지 궁금했다. 왜 미안한지, 무슨
좋지 않은 일이라도 있었던 건 아닌지. 박 계장은 재영
이가 여신을 담당하고 있는 회사에 문제가 생겨 휴가
도 가지 못하고 몇 주 고생했다고 했다. 무슨 일인지

자세히 알고 싶었는데 박 계장은 은행원들은 자주 겪는 일이라고만 했다. 박 계장이 마지막으로 본 토요일, 그러니 마지막 재영의 모습이 궁금했다. 평상시와 다름없었다고 했다. 자정 즈음 일을 마치고 나와 홍 차장과 함께 포장마차에서 소주 한잔을 할 때도 특별한 점은 없었다고 했다. 저녁은 먹고 술을 마신 거냐고 하니 본인도 재영이도 빈속이었다고 했다. 그 말을 들은 미란은 자신이 빈속에 쓴 소주를 마신 것처럼 속이 또 쓰리면서 울렁거렸다. 재영은 술에 약한 아이였다. 박 계장과 마지막 나눈 말은 다음날이 일요일이라 너무 좋다고 간만에 잠이나 푹 자고 싶어요, 라고 했다. 은행에서 일하기엔 너무 여리고 성실한 사람이었다는 말을 할 땐 누나인 미란보다도 감정이 격해 울먹였다. 미란은 박 계장에게 재영이 자살했다고 생각하는지를 물었다. 힘들긴 했을 거예요. 저도 신입 때 죽고 싶은 적이 한두 번 아니었으니까요! 그치만, 하고는 더 이상 말을 잇지 못했다. 더 캐물을 수도 그럴 필요도 실은 없었다. 어쨌거나 그랬던 박 계장이, 열흘 남짓만에 만났을 땐 태도가 돌변해있었다.

"저희 지점은 실적도 좋지만, 직원들끼리도 사이가

좋아요. 특히 안재영 계장은 지점장님이 예뻐하셨고…. 자살할 만큼 스트레스가 많지도 않았고, 몸이 피곤해서 죽을 만큼 과로한 일도 없었는데요"

재영이가 자살했다면 근무 환경에 대한 스트레스 때문이고, 자살이 아니라면 과도한 업무로 인한 과로사일 것이라고 미란이 자신의 생각을 솔직히 밝혔을 때 박 계장은 그렇게 말했다. 그러고도 거침없이 말을 이어갔다. 신입사원이 8개월 만에 과로해서 죽었다면 은행에 살아남았을 사람은 하나도 없을 거라며, 은행원이라면 누구나 재영이 만큼은 일했고, 그러나 모두 살아있다고. 간혹 야근도 했지만, 누구의 압박이나 과도한 업무 때문이라기보다는 재영의 일 처리가 서툴러서였다고 했다. 미란은 더이상 박 계장에게서 얻을 만한 정보는 없을 거란 예감이 들면서도 박 계장을 처음 봤던 그 날의 선하고 순한 모습을 떠올리며 자리를 지켰다. 미란은 뇌물수수에 관해 물었다. 박 계장은 잠시 고개를 숙이고 골똘하더니 재영의 실수였지만 어느 누구도 뇌물을 언급하거나 탓한 적도 없을뿐더러, 그 기업도 다행히 위기를 극복해 아무런 문제 없이 잘 굴러가고 있다고 했다.

미란은 더 이상 박 계장과 대화할 필요가 없었다. 재영이 자살했다고 생각하느냐고 '그날'과 같은 질문을 했다. 박 계장은 조금의 주저함도 없이 만약 자살이라 해도 회사 문제는 아니라고 확신한다고 했다. 여자나 가정문제 또한 없었다는 미란의 말에 박 계장은 약간 뜸을 들이더니 재영이가 야근이나 휴일 근무가 잦았던 건 대부분 자발적이었는데 근무 외 수당을 많이 받으려고 그랬다는 것이다. 집안 형편이 좋지 않은 것에 대해 이따금 비관했으며 돈 욕심을 많이 부렸다고. 미란은 뒤통수가 싸해짐을 느꼈다. 차라리 박 계장의 눈빛에서 독기라도 봤다면 나았을 텐데 너무도 차분하고 담담해서 몸서리가 쳐졌다. 눈물이 났다. 흘리면 안 될 눈물이었다. 꾹꾹 삼키자니 목구멍이 아파졌다. 왜 그런 거짓말을 하느냐고, 누가 그렇게 시키더냐고 따져 물으려는데, 미란의 입에선 엉뚱한 말이 튀어나왔다.

"박 계장은 누나가 있나요?"

박 계장은 답을 하지 않았다. 대신 자기가 이 일로 용산경찰서에 여러 차례 불려가고 본사 면담도 잦았다는 이야기를 했다. 안 계장의 업무까지 고스란히 떠맡아 이래저래 힘들다고. 유족의 슬픔도 크겠지만, 동료로서 감당해야 할 슬픔도 있으며 그로 인해 M 지점 모든 사람이 공황이라고도 했다. 그만큼 가족 같은 분위기에서 즐겁게 일했던 지점이라고 강조했다. 뒤통수에 찌릿찌릿 전기가 흐르는 듯하더니 이내 그 예리한 선을 타고 익숙한 냄새가 코로 흘러들어왔다. 시궁창 냄새 같기도 하고, 계란 썩은 냄새 같기도 한, 무언가 잔뜩 썩어서 고린내가 인후를 타고 내려가 위 점막을 자극했다. 속이 메스꺼웠다. 입을 여는 순간 무언가 크게 폭발할 것 같아 손으로 입을 막은 채 침묵하는데 속이 불안하게 끓어댔다. 미란을 보고 있던 박 계장은 자기도 몹시 힘들다는 이야기를 한 번 더 했다. 한 달 후 결혼을 하는데 이 일로 준비가 많이 미루어졌다고도. 그래서 먼저 일어나야 한다며 짧게 죄송하다고 하고는 그대로 나가버렸다. 박 계장의 뒤통수가 성급히 사라지는 순간 미란은 토했다. 입에 대고 있었던 손바닥에 누런 액체가 묻어있었다. 독한 냄새가 사방으로 흩어지고서야 미란의 코끝이 순해졌다. 그 끝에 눈물인지 콧물인지 모를 투명한 액체 한 방울이 맺혔다.

깊이 잠든 윤재의 코끝에 물방울이 맺힌다. 미란은 품에서 윤재를 떼어내고 반대편으로 돌아눕는다. 이미 촉촉해진 베개는 얼음처럼 차갑다. 텅 빈 가슴 밑바닥에서 농도가 진한 무엇이 솟구친다. 다시금 차오르는 뜨거움에 찌릿찌릿, 아려오는 명치 끝을 주먹으로 누른다. 은행에서 일한 마지막 토요일, 복통을 호소했던 재영이의 아픔은 어떤 것이었을까를 잠시 생각해본다. 전혀 감을 잡을 수 없다. 눈을 감으면 미소를 띤 모습으로 누워있던 모습이 자꾸만 떠오른다. 혹시 정말 잠을 자고 있었던 것은 아닐까, 좀 더 자게 두었더라면 늘어지게 자고 일어나진 않았을까, 관에서 깨어난 사람도 있고 수년간 식물인간이었던 사람이 깨어난 일도 있는데, 우리가 너무 성급했던 것은 아닐까, …, …….

답을 알 수 없는 의문은 생각하자면 끝이 없다. 차라리 자버리고 싶지만, 종일 미란을 버티게 했던 긴장감의 여운인지 정신이 또렷하다. 미란은 명치를 누르고 있던 주먹에 힘을 빼본다. 처음엔 괜찮더니 이내 아려온다. 주먹으로 다시 누르고 이번엔 몸을 잔뜩 웅크린다.

생사를 달리하는 데 작은 느낌이라도, 어떤 예감이

라도 있어야 하지 않은가. 죽음에도 냄새가 있다면 바로 코앞에 와 있는 죽음 정도는 알 수 있을 텐데 말이다. 킁킁거려본다. 미란의 코앞엔 어떤 것도 와 있지 않다. 재영이는 어땠을까를 생각한다. 예감했더라면 잠들기 전에 가족들한테 전화라도 한 통 하지 않았을까, 싶다. '그냥 며칠 자고 싶어서', 미란과 나눈 마지막 대화를 더듬는다. 입사하고 처음 맞는 여름 휴가 때 시골 부모님 댁에 함께 가기로 한 약속을 깬 재영이더러 그럼 주말에 우리끼리 밥이라도 먹자고 제안했는데, 재영은 단박에 거절했다. 은행에서 요구한 자격증 시험도 가까웠고, 미안하지만 몹시 피곤하다고 했다. 미란은 그런 동생이 염려스러우면서도 내심 섭섭했는데…. 그럴 것이 아니라 찾아가서 삼계탕이라도 한 그릇 사줬더라면, 하는 아쉬움은 하루에도 몇 번씩 미란을 아프게 했다.

이 세상에 대한 재영의 마지막 느낌은 뭐였을까. 아쉬움? 분노? 좌절? 슬픔? 후련함? 그것이 마지막이란 것은 알았을까, 몰랐을까, 왜 웃고 있었을까, 즐거운 꿈이라도 꾸었을까, 세상에 대한 비웃음? … 만은 아니었기를. 그러나 미란이 알 수 있는 것은 아무것도 없다. 스스로 목숨을 끊은 것이 아니었다는 것밖에는….
그나마 그 사실이 조금은 위로가 됐다. 자취를 끝까지
반대하고 데리고 있었다면 결과가 달랐을까, 하는 생
각에 다시 머문다. 계속 데리고 있었다면 그날 그 시각
에 죽었어야 할 운명이었다 하더라도, 적어도 혼자 그
렇게 쓸쓸하게 가진 않았을 텐데, 미란은 또 그 지점에
서 가슴이 아프다. 같이 살다 죽었다면 미란이 더 힘들
었을 거라고, 그래서 재영이가 그렇게 기를 쓰고 방을
구해 나갔나보다고, 친척 중 누군가가 위로랍시고 말
했었다. 하지만 열대야의 뜨거움에 허덕이던 그 밤에
홀로 차갑게 식어가는, 고요한 어둠 속에서 아무도 모
르게 서서히 굳어가는, 그 모습이 머릿속에 그려질 때
마다 미란은 재영의 독립을 막지 못한 자신이 밉고 또
미웠다.

지난겨울에 은행에 취직한 재영이는 계속되는 야
근과 주말 근무에 힘들어했다. 서울로 대학에 오면서
부터 미란과 내내 같이 살던 재영이는 취직한 지 3개
월만에 독립해 나갔다. 발령받은 지점과 멀고 일이 많
아 늦게 귀가를 하는 것이 눈치도 보이고 힘들다는 이
유였다. 미란은 매일 아침밥이라도 챙겨 먹이고 싶은

마음에 만류했지만, 재영이는 단호했다. 오랜 더부살이로 인한 스트레스도 분명 많았을 터였다. 따뜻한 눈칫밥 한 그릇보다 마음 편히 쉴 수 있는 오 분이 재영이에겐 더 필요할 성도 싶었다. 그래서 걱정스럽지만 놓아주었다. 돈을 보태주겠다고 해도 이제 어엿한 직장인이니 신경 쓰지 말라고, 회사에서 지원도 된다며 자취방도 혼자 구했다. 오랫동안 그날만을 기다려온 사람처럼 일주일 후 짐을 싸서 나가기까지 일사천리였다. 지나치게 서두는 감도 없잖았지만 미란이 참견할 수 없을 만큼 확고한 모습이었다. 혼자 살아도 기본적으로 필요한 살림살이며 밑반찬에 미란이 신경을 쓰는 것조차 재영은 허락지 않았다. 걱정해주지 않는 것이 도와주는 것이라며 너털웃음으로 미란을 안심시켰다.

부모님은 보증금 몇 푼도 보태줄 수 없는 상황을 안타까워하면서도 늦둥이 외아들의 독립을 대견해하는 눈치였다. 미란도 섭섭하고 염려스러운 마음을 접고 동생의 새 출발을 격려해주는 수밖에 없었다. 미란이 재영의 자취집에 가 본 것은 그로부터 두 달이 지나서였다. 주말마다 오겠다는 약속도, 자취방에 한 번 초대하겠다는 약속도 지키지 않던 재영의 우편물을 전해

쥐야 했기 때문이다. 재영은 수고스럽게 오지 말고 우편물을 그대로 전송해달라고 했다. 하지만 그럴 수는 없었다. 미란은 밑반찬 몇 개를 싸들고 집을 나섰다. 미리 말하면 못 오게 할 것이 뻔해 연락도 하지 않았다. 지하철로 40분 정도 되는 거리였다. 삼각지역에서 내려 양옆이 복어 요릿집인 골목을 지나는 동안 미란은 착잡하기 이를 데 없었다. 은행하고 가까우며 역에서도 멀지 않아 살기 편하다고 했던 재영의 말은 거짓일 확률이 높다는 예감이 들었기 때문이다. 긴 식당 골목을 지나니 고집스레 비집고 있는 듯한 느낌을 주는 주택들이 몇, 규칙 없이 놓여있었다. 그중 한 집이 재영의 보금자리일 터였다. 번지수가 적힌 낡은 단독 주택의 대문을 열고 들어갔다. 아무도 없었지만, 셋방으로 짐작할 수 있는 방 한 칸 앞에 재영의 낡은 신발이 눈에 들어왔다. 문을 두드렸지만, 기척이 없었다. 그제서야 재영에게 전화를 걸었다. 낮은 목소리로 전화를 받은 재영은 근무 중이었다. 토요일에도 일을 시켜먹느냐고 속상해하자 먹고 사는 일이 다 그렇지, 웃으며 대답했다. 같이 밥이나 먹자는 말에 밤늦게나 퇴근할 것 같다고 했다. 결국 자취방 앞이란 말도 못 하고 전화를 끊었다.

미란은 우편물과 반찬이 든 쇼핑백을 재영의 신발 옆에 두고 나왔다. 무거운 발걸음을 하나 하나 떼며 온 길을 되짚어가는데 작은 가게가 보였다. 참외 몇 개와 주스를 사고 보니 바쁠 때 끼니를 대신할만한 것도 필요할 듯했다. 시리얼 바를 사고 계산을 하려는데 계산대 옆에 달걀이 보였다. 가장 조리가 간편한 완전식품, 더욱이 달걀은 어려서부터 재영이 무척이나 좋아하는 것이었다. 함께 살 때도 밥맛 없어 할 때 프라이를 해주거나 삶아주면 곧잘 먹었으니까. 커다란 한 판을 사려다 열 알짜리 한 팩을 샀다. 맘먹고 먹자 치면 하루에도 거뜬히 비울 양이지만, 많은 양을 샀다가 상하면 곤란할 일이었다. 퇴근할 재영을 기다리는 낡은 운동화 옆에 쇼핑백, 그 옆에 커다란 비닐봉지까지 놓으니 미란의 마음이 조금 놓였다. 집에 돌아와 문자를 보냈다. 방문 앞에 쇼핑백과 비닐봉지를 챙겨 들어가라고. 밥은 절대 굶지 말라고도. 그 뒤로도 두어 번 더 반찬을 가져다주었는데, 그때마다 미란은 달걀을 같이 넣었다. 그것이 누나의 관심과 염려를 부담스러워하는 재영에게 미란이 할 수 있는 최선이었다.

그러나 그것은 썩어 있었다. 자취방 유품을 정리하

는 날 싱크대 안쪽에 달걀이 한 알 한 알 꽂힌 채로 열기에 곯아 있는 것을 미란은 보고 말았다. 토옥, 살짝만 건드려도 무너져 내리는 것은 오히려 악취도 나지 않았다. 껍질이 삭으면서 그대로 말라가는 것에서 독한 냄새가 났다. 어쩌면 가장 심하게 부패한 하나가 그보다 약한 악취를 모두 삼켜버린 것인지도. 만약 그렇다면 악취에서 벗어나는 방법은 원인을 제거하거나 혹은 가장 냄새나는 그것보다 더 심하게 부패하는 것이 될 것이다. 썩는 것을 두려워할 필요는 없다. 어차피 모든 것은 썩기 마련이므로. 다만 좀 더 빠르고 독한, 속도와 정도의 차이가 있을 뿐이다. 미란의 몸 중에서도 명치가 먼저 썩어가는 것처럼. 미란의 명치는 이제 갈라지고 있었다. 갈라진 틈에서 악취로 뭉친 단단한 알들이 쏟아진다. 꺼낼 수만 있다면 던질 것이다. 가장 센 놈은 언제나 내리뜬 눈으로 미란을 조롱하는 누리은행 간판에, 가장 약한 놈은 김오중 지점장의 뒤통수에 던질 것이다. 부딪히는 순간 터져버릴.

"내가 안 계장을 죽이기라도 했습니까?"

김오중 지점장과 누리은행 노조위원장이 함께 만

난 자리에서 지점장은 억울해했다. 부하직원이 죽은 충격과 슬픔에서 벗어나지도 못했는데, 유족한테 죄인 취급을 당하는 것이 원통하다고 했다. 따지고 보면 자기도 유족이나 다름없단다. 미란은 코웃음이 났다. 같은 유족이라니! 귀신은 무서운지 고인의 위령제까지 했다더니, 정작 유족에겐 위로 한마디 건네지 않은 사람하고 미란은 가족인 적이 없었다. 위로는커녕 부검 결과가 자살로 나오거나 과로사일까봐 과잉 방어하며 유족을 아프게 했다. 미란의 부모가 은행에 한 번 방문하고 싶다는 것도 은행 측은 거절했다. 따로 살아서 양복입고 출근하는 모습 한 번 보지 못한 아쉬움에 근무하던 자리라도 보고 싶다는 이유였는데, 사실 부질없는 일이라고 부모를 만류하긴 했지만, 인간적으로 충분히 이해되는 입장이었다. 그러나 은행에서 반대했다. 업무방해의 이유였다. 영업 외 시간도 불허했다. 그뿐인가. 은행에서 쓰던 재영의 물건들이 택배로 왔는데 다이어리 같은 개인용품 하나 없이 볼펜, 펜, 신입사원 단체 사진이 전부였다. 은행의 보안 문제가 걸려있어서 자체 검열을 거쳤다는 답변만 돌아왔다. 미란은 의아했고, 섭섭했다.

과로사로 인정이 되면 지점장의 승진에 걸림돌이 될 거라는 노무사의 해석을 듣고서야 그들의 행태가 무엇을 의미하는지 알 수 있었다. 사람이 죽었는데, 자신의 앞가림만 하고 있는 매몰찬 인간들, 무엇보다도 그런 사람들이 재영의 마지막 삶을 함께했다고 생각하면 울화가 치밀었다. 과로사 소송을 위한 몇 가지 조언을 들었다. 사망 전 일주일간 계속 야근을 했고, 주말 근무에 이틀 연이어 회식을했다는 것이 승소 포인트라고 했다. 거기에 심리적 스트레스와 압박까지 증명할 수 있다면 자살이든 과로사든 은행을 상대로 싸워 볼 만 하다며 노무사가 자신 있는 목소리로 말했다. 자살이든 과로사든, 미란은 재영을 죽음에 이르게 한 은행 측의 실책을 증명하고 싶었다. 잘못한 부분에 대해서만큼은 사과를 받고 싶었고, 책임을 묻고 싶었다. 그래서 필요한 몇 가지 자료들을 은행에 요청했다. 재영의 출퇴근 기록부와 야근·키 당번 일지, 사망 전일 회식 내용이 담긴 진술서, 지점 직원들의 카드 및 청약 통장 실적 등이었다. 지점에선 난색을 보였다. 그것은 은행 기밀에 관련한 것이며 사망 전일 함께 했던 직원들은 충격에서 벗어나지 못해 진술서를 작성해줄 수 없다고 했다. 미란은 오기가 생겼다.

고민 끝에 영식에게 조언을 구했다. 미란의 편이 되어 줄 누군가 필요했기 때문이다. 누리은행 내 재영의 동문회 명단을 얻을 수 있었다. 학번과 학과, 은행 내 직책까지 적힌 리스트를 보며 누리은행 내 S 대학의 파워를 실감했다. 그중 재영과 같은 경제학과 출신의 노조 위원장 이름이 보였을 때는 한가닥 희망에 잠시 들뜨기까지 했다. 연락을 하니 그러잖아도 동문이 그런 일을 당해 속상하다며 미란이 하는 얘기를 꽤 오랜 시간 들어주었다. 그는 어떻게든 유족을 돕고 싶다고 했다.

며칠 후, 미란의 자료 요청이나 면담 요구에 회피만 하던 김오중 지점장과 만남이 성사되었다. 노조 위원장이 마련한 자리였다. 미란은 천군만마를 얻은 기분이 들었다. 지점에서 만났을 때와 달리 김오중 지점장은 기세가 한풀 꺾여있었다, 고 미란은 느꼈다. 위원장은 지점장보다 훨씬 나이가 많아 보였다. 미란은 점잖아 보이는 위원장이 재영의 동문 선배라는 사실이 왠지 든든했다. 한 시간 정도 흘렀을까? 미란의 추궁과 지점장의 변명으로 일관된 크고 작은 언쟁을 말없이 듣기만 하던 노조위원장이 드디어 입을 열었다.

"누님, 이제 기분이 좀 풀리셨습니까? 우리 김오중 지점장이 사람은 좋은데 표현을 잘할 줄 몰라서 유족들을 화나게 한 것 같은데, 저를 봐서라도 인제 그만 용서해주시지요" 했다.

그러자 지점장은 마음 아픈 사람들끼리 서로 상처 내는 것을 안재영 계장도 원치 않을 거라는 엉뚱한 말을 했다. 안재영 계장은 점잖고 평화로운 사람이었다며. 자기가 죽인 것이 아니기 때문에 사과하는 것은 맞지 않지만, 충분히 유감스럽다고, 충분히 유족의 마음을 이해한다고 마무리 지었다. 그러자 노조위원장은 흡족한 표정을 지으며 지점장은 바쁠 테니 그만 들어가 보라고 했다. 위원장의 눈빛에 직장후배를 기특해하는 따뜻함이 가득했다. 하긴 선후배 관계라는 것도 살아있을 때나 의미 있는 것이리라. 지점장은 살다 보면 우리가 웃으며 만날 일도 있지 않겠냐며 서둘러 꽁무니를 뺐다.

미란과 단둘이 남자 노조위원장은 뜬금없이 죽음에 대한 본인의 철학을 이야기했다. 대충 삶과 죽음 앞에 인간이 얼마나 무력한 존재인지로 시작하더니 살아

있는 동안은 산 사람끼리 서로 돕고 살아야 한다는 엉뚱한 결론으로 맺고 있었다. 미란의 눈에 마른 눈물이 들러붙었다. 눈에서 썩은 내가 났다. 그만 좀 닥쳐주세요, 말이 끝나기가 무섭게 위원장도 몸을 내뺐다. 구역질이 났다.

약 기운이 돌자 미란은 배를 움켜쥐었던 손에 힘을 풀어도 되었다. 간만에 느끼는 평온함이다. 반듯하게 누워 눈을 지그시 감는다. 느리지만 깊게, 큰 숨을 들이 쉬고 내쉰다. 미란의 몸속을 돌고 나온 숨이 퍼진다. 윤재와 공유하는 숨에서 따뜻하게 달콤한 향이 난다. 코로 더 크게 숨을 들이쉰다. 오감 중 시간을 초월할 수 있는 것은 오직 후각뿐이다. 더 이상 공간을 공유하지 않는 재영이지만 28년간 수없이 들이고 냈을 숨은 아직 떠다닐 터였다. 섞이고 섞여 옅어진 것이라도, 언젠가 바람이 그의 마지막 숨을 미란의 코끝에 내려줄 수도 있을 것이었다. 스멀스멀 올라오는 연한 썩은 냄새가 방안을 채운다. 미란의 의식은 점점 희미해진다. 고된 하루였다.

날이 밝자마자 용산경찰서를 찾았다. 부검 소견서

에는 '사인 미상-청장년 급사 증후군(추정)'이라고 적혀
있다. 죽음에 이를만한 소견은 발견되지 않았고, 에 시
선이 한동안 멎는다. 무려 열두 페이지에 달하는 부검
소견서에는 원인을 찾기 위해 갈기갈기 찢어놓은 재영
의 몸 어느 부위도 이상이 없다는 이야기만 쓰여있다.
미란은 소견서에 친절하게 첨부된 부위별 사진을 본
다. 한 인간의 신체가 적나라하게 파헤쳐있었다. 부검
대에 누운 재영이의 얼굴 사진이 없었다면 미란은 동
생인 줄도 몰랐을 것이다. 동생이, 인간이라는 존재가
순간 낯설었다.

청장년 급사 증후군 뒤에 달린 '추정'이란 말이 웬
지 분하다. 한 달이란 짧지 않은 시간, 최선을 다했을
전문가들도 고작 '추정'이란 결론을 냈을 뿐이다. 죽음
에 관한 어떤 것도 산 사람들은 추정할 수밖에 없는 것
이 어찌 보면 당연한지도 모른다. 아니 그렇다 하더라
도 당신들은 알아냈어야 한다. 전문가이니 말이다. 청
장년 급사 증후군에 대한 짤막한 설명이 글 상자 안에
들어 있었다.

* 청장년 급사 증후군: '2~30대 신체 건강한 청장년이 특별한 원인 없이 죽음에 이르는 현상. 지나친 스트레스, 과로가 지속되다 가벼운 음주 후 수면 중에 사망하는 공통점이 있으나 연관성이 명확히 밝혀지지는 않았음.

스트레스받을 일이나 과로한 적이 없다고 말하던 박기정 계장의 얼굴이 떠올랐다. 아프다는 애를 데리고 술까지 마셔놓고, 회식은 아니었다고 억울해하던 지점장의 어색한 입꼬리, 인명은 재천이라며 신소리하던 노조위원장의 오만한 눈빛도 글 상자 위에 어른댔다. 그들을 볼 일이 더 남았는지도 모르겠다고 미란은 생각했다. 요약하자면 사망 사건에 대한 모든 조사를 종결한다는, 동의서에 사인하고 용산 경찰서를 나왔다. 형사가 챙겨준 투명 비닐 팩을 열어보니 주인 잃은 휴대폰과 지갑이 들어 있었다. 휴대폰을 열어본다. '오늘도 달린다.'가 가로로 천천히 달리고 있다. 지갑에 있는 신분증을 꺼낸다. 재영이가 멋쩍은 표정으로 웃고 있다. Don't Cry, 미란의 휴대전화가 울먹인다. 부재중 전화로 찍힌 번호가 낯설다. 세 통의 문자 메시지가 와 있다.

'과로사 승소 100% XX노무법인'

문구와 노무사 이름이 조금씩 다르지만, 내용과 목적은 같은 발 빠른 문자들이다. 속이 메스껍다.

삶은,

　부서지기 마련이라고 미란은 중얼거린다. 깨어나
부서지다 결국 썩는 것이라고. 미란의 명치는 이제 부
서진다. 썩은 내가 올라온다. 부서진 틈에서 악취로 뭉
친 단단한 알들이 쏟아진다. 주먹으로 배를 꾹꾹 누르
며 비틀비틀 걷던 미란이 주저앉는다. 누리은행 간판
이 놀란 눈으로 미란을 내려다본다. 얼핏 보면 놀란 눈
이지만, 고개를 쭉 내밀고 내리뜬 눈에서 여유로움이
묻어난다. 미란은 그 눈을 쏘아본다. 더이상 썩은 알들
이 튀어나오는 것을 막을 수 없다. 이젠 손으로 입을
막아 봐도 속에서 썩은 알들이 계속 튀어나온다. 미란
이 입을 크게 벌리자 속에서 썩은 알들이 쉴 새 없이
쏟아진다. 미란은 그중 가장 단단한 것을 집어든다. 그
리고 힘껏 던진다. 누렇게 달뜬 빛의 그것이 펑 하고
터지며 빛을 잃는다. 미란을 내려보던 도시의 불빛들
이 도미노처럼 하나하나 꺼진다. 도시는 순식간에 색
을 잃고 정지된 흑백화면이 된다. Don't cry, 미란의
휴대폰만 계속 울고 있다.

그 끝에 봄

무영등은 그럴 줄 알았다는 듯 눈빛을 번뜩이며 나를 보고 있었고,
링거는 심장보다 빨리 뛰며
새로운 엇박자를 만들어내기 바빴다.

예수로소이다.

내 배 속에 있다는 생명체를 이해하는 데 '예수'를 떠올리는 것은 어쩌면 필연이었다. 그렇다면 나는 성모 마리아였던가. 그런 뜻인지를 되물었을 때 의사는 미간을 잔뜩 찌푸렸다. 그는 무슨 말인가 하려다 말고 다시 차갑게 내 배를 스캔하더니 화면을 멈추었다. 깜박거리는 것을 가리키며 심장이라고 말해주었다. 8주하고 3일이 지났다고, 축하한다고도 했다. 무엇을 축하한다는 것일까. 성령의 충만함? 신의 은총? 이런 것을 기적이라고 하는 것일까? 머리가 지끈거렸다. 도대체 내 몸에서 무슨 일이 일어나고 있는지 도무지 감조차 잡을 수 없었다. 누가 저 생명체를 옮겼을까, 내 배로….

Dr. Ha 산부인과의 문을 열고 나오는 순간, 뜨겁고 후끈한 공기가 나를 위협했다. 어지러웠다. 속이 메스껍더니 구역질이 났다. 앞이 캄캄해서 더 이상 서 있을 수 없었다. 주저앉아 어디로 가야 할 지를 잠시 고민했다. 내가 쓰러지기라도 할 줄 알았는지 지나가던 여자가 살펴주었다. 괜찮은 건 아니지만 도움이 필요한 정도도 아니었다. 너무 딱 잘라 거절해서였을까. 여자는 이내 불쾌한 표정이 되어 자리를 떴다.

　오진이겠지. 기적보다는 오진이 더 현실적일 터였다. 문득 다른 산부인과도 가보면 되겠다는 생각이 들었다. 급히 일어서자 다시 현기증이 밀려왔다. 휘청이는 나를 누군가 잠시 잡아주었다. 시야가 밝아져 다시 걸을 수 있게 되고서야 내가 마르고 병색이 짙은 노파의 도움을 받고 있음을 깨달았다. 한사코 괜찮다는 나를 노파는 염려스러운 표정으로 두어 차례 뒤돌아보며 멀어졌다. 현기증 정도는 견딜 만했다. 다만 내 몸에서 일어나고 있는 기적이거나 엉터리인, 이 일의 내막이 확실해지는 것보다 급하고 중요한 건 없었다. 바로 옆 건물에서 코끼리쯤은 들어있을 것 같은 배를 가진 여자가 허리춤을 양손으로 짚고 뒤뚱거리며 나오는 것이 보였다. 올려다보니 3층에 산부인과가 있었다. 나는 걸음을 재촉했다.

카페를 방불케 하는 세련된 실내장식의 산부인과였다. 간호사의 안내에 따라 초진을 위한 문답을 작성했다. 마지막 생리일을 적는 데 적잖은 시간을 허비했다. 친정엄마가 입원한 날 갑자기 생리가 터져 당황했던 것을 기억하곤 잠시 안도했으나, 그 날짜를 숫자로 옮겨 적기 위해서는 병실 티비를 통해 본 쇼프로그램 회차까지 뒤져야 했다. 임신을 전혀 염두에 두지 않고 갔던 첫 번째 산부인과에서는 지난달 초쯤이요, 라고만 했었다. 신중히 따져서 적은 날짜는 6월 25일, 오차 범위는 이삼일 쯤 될 것이다. 적고 보니 그날 이후 지금까지, 그 한 달 남짓한 시간이 꿈결처럼 느껴졌다. 나른하고 몽롱했다. 잠시 눈을 붙이고 있자니 피로가 밀려왔다. 뱃속에 신경을 집중해보았다. 배 한 쪽에 쿡 찌르는 느낌이 들었다.

"엄마, 여기엔 아가 안 들었나 봐. 홀쭉해"

대여섯 되어 보이는 남자아이가 내 얼굴을 빤히 올

려다보고 있었다. 만삭인 여자가 잡지를 넘겨보며 아가가 커질수록 배가 나오는 거라고 무심히 답했다. 문득 그냥 집으로 돌아가고 싶다는 생각이 들었으나 이내 내 이름이 불렸다. 그리고 오래지 않아 임신을 축하한다는 다시 말을 들을 수 있었다. 내년 4월 1일이 예정일이라는 말도.

구체적인 날짜까지 들으니 갑자기 꿈에서 확 깨버린 기분이 들었다. 정신을 차려야했다. 초음파를 통해 보이는 물체가 태아라는 것을 확신할 수 있는지를 물었더니 의사가 너털웃음을 지었다.

"만우절에 태어난다고 하니 거짓말 같으세요? 100% 확실하니 맘껏 기뻐하셔도 됩니다"

의사는 온화한 눈빛까지 아낌없이 보태어 주었다. 여전히 답답했지만 마땅한 질문조차 떠오르지 않았다.

정리하자면 나는 임신 8주 차, 초산을 일곱 달 앞둔 임부였다. 두 명의 산부인과 전문의가 내린 진단이니 그 사실 만큼은 받아들이는 편이 나을 터였다. 그래서 답답했다. 나는 임신에 걸맞지 않은 사람이었으므로.

다른 건 차치하고라도 내겐 남자가 없었다. 혹시 공기 중 바이러스를 통해서 감염될 수도 있는 것인가.

인터넷이 필요했다. 바이러스성 임신이나 접촉성 임신, 그런 키워드라도 만들어볼 셈이었다. 급한 마음에 발길을 재촉했으나 집에 도착하자마자 쓰러져 잠을 잤다.

교실에서 시험 보는 꿈을 꾸며 낑낑대다 깨었을 때는 짙은 어둠뿐이었다. 현기증 때문에 캄캄해 보이는 것인지, 밤이 된 건지, 숨이 끊긴 것인지 알 수 없었다. 누운 채로 눈을 몇 번 깜박거리다 보니 서서히 형체들이 드러났다. 어쩌다 소파 위에서 잠이 든 것인지는 도무지 기억할 수 없었다. 아홉 시였다. 네 시간이나 잤다는 것이, 내가 임신을 했다는 사실 만큼이나 믿기지 않았다. 아, 그렇다. 나는 임신을 했다. 오는 길에 임신 테스트 시약을 산 것을 기억하자 갑자기 요의가 느껴졌다. 두 줄이 선명하게 그려졌다. 임신한 사실을 더 이상 믿지 않을 용기는 없어졌다. 탁상용 달력을 꺼냈다. 마지막 생리 시작일인 6월 25일부터 8월 20일, 8주간의 행적에 단서가 될 만한 어떤 것도 표시되어 있지 않았다. 1월까지 되넘겨 보았지만, 어느 한 날에도 동그라미 따위는 쳐 있지 않았다.

남편과 이혼을 한 것은 작년 초였고, 마트를 그만
둔 것은 작년 말이었다. 그러고 보니 올해는 엄마 때문
에 병원에 몇 번 간 것 외엔 외출 자체를 해본 적이 없
었다. 그런 내가 임신을 한 것이다.

며칠간 하복부 통증이 심해서 찾아간 내과에서 시
큰둥하게 과민성 대장증후군이라고 했다. 쉽게 말해
신경성이라는 것이다. 꾸준했던 통증에 대해 강력하게
호소하자, 산부인과에 가보라고 했다. 부인과 질환의
대표적 증상 역시 하복부 통증이라고도 일러주었다.
내과와 같은 건물에 있는 산부인과로 갔다. 그런데 거
기서 엉뚱하게도 임신 진단을 받은 것이다. 이게 오늘
몇 시간 동안 일어난 일이었다.

임신을 했다. 이보다 불쾌하고 지나친 농담은 없을
터였다. 나는 어느 남자와도 잠을 자지 않았다. 생식이
나 쾌락의 기능에 대해서도 생각해본 지 오래였다. 그
런 내가 맞닥뜨린 현실치고는 황당무계하기 이를 데
없었다. 달력을 보며 다시 행적을, 기억을 되짚었다.
엄마 병실에서 일주일 정도 잔 적은 있지만, 아무 일

없었다. 6인실엔 고령 환자들뿐이었다. 보호자들은 하나같이 바빴고 환자보다도 더 지쳐 보였다. 밤중에 코고는 소리는 모두 보호자들의 것이었다. 그런 곳에서 무슨, 하면서도 환자와 보호자를 하나하나 훑으며 기억을 헤집고 있었다. 창가 노인의 아들, 엄마를 병문안 온 이모가 그 남자 인상이 어때 보이냐고 물었었다. 40대 후반으로 보이는 남자는 온화하고 선해 보였다. 남자 보는 눈 없는 것이 여전하다며 혀를 끌끌 차던 이모는 그 남자가 전형적인 바람둥이 스타일이라고 했다. 눈웃음치는 남자가 밖에서는 호인, 집에서는 개차반인 경우가 많다며 노인의 며느리가 보이지 않는 이유까지 거기에 갔다 붙였다. 그럴 수도 있겠지만, 확인할 길은 없었다. 남자는 일주일간 두 번 다녀간 게 전부였는데, 두 번 다 십 분 이상 머물지 않고 금세 돌아갔다. 어쨌든 병실에서 본 젊은 남자라곤 그가 유일했다. 그러니 임신을 6인실 병원과 연관 짓는 것은 관두는 편이 나았다. 그때 문득 기억 하나가 뇌리를 스쳤다. 건강검진.

건강검진은 그때 병문안 온 이모가 예약해준 것이었다. 내가 괜찮다는 데도 안색이 좋지 않다며 한사코

밀어붙였다. 나중에 취소하고 환불받을 셈이었는데 검진 전날 금식 알림과 약도를 문자로 받고서야 깨달았다. 취소를 하려니 예약자와 결제자가 달라 매우 번거로웠다. 하는 수 없이 저녁부터 금식하고 다음날 검진을 받으러 갔다. 남편 회사와 멀지 않은 곳이었다. 원망뿐인 남편이지만, 사랑한다던 그 여자하고 계속 잘지내고 있으면 좋겠다는 생각을 하며 회사 앞을 지나쳤다.

검진센터는 밝고 깨끗했다. 사람들이 환자복은 입고 있었지만, 병원에서 만난 환자들과는 달리 여유로워 보였다. 간호사들은 모두 친절했고, 모처럼 호강 받는 기분이 어색하면서도 싫지 않았다. 간호사가 안내하는 대로 차례차례 검사를 하나씩 했다. 듣던 것과는 달리 검진 자체는 고되지 않았다. 시키는 대로 잠시 서있거나 누워 있으면 바로바로 끝이 났다. 체크리스트에 위장 내시경 하나만 남겨두고 모든 검진을 마쳤다. 그런데 이후 기억은 사라졌다. 아무리 애를 써도 검사자의 성별은 물론 검사실 분위기조차 기억할 수 없었다. 정말 그날 무슨 일이라도 벌어진 것은 아닐까. 다시 기억을 되짚어 보았다. 그런데 여전히 같은 곳에서 기억이 멎었고 그 이후의 기억은 통째로 날아간 듯 까

맑기만 했다. 검진센터 가는 길은 도중에 보았던 것, 그날의 기분, 상념 등 세세한 것까지 기억나는데, 분명 같은 경로로 되돌아왔을 텐데 귀갓길은 아무것도 기억나지 않았다. 갑자기 가슴이 심하게 요동쳤다. 수면 마취 중에 혹시 끔찍한 일을 당하기라도 한 것이라면 어떡해야하나. 말이 되지 않은 엉뚱한 의심이라고 생각하면서도 검진센터 전화번호를 누르는 손가락이 떨렸다. 자동응답 기계는 영업시간이 끝나서 누구도 연결해줄 수 없다고 말했다. 아침까지 기다리는 수밖에 없었다.

나는 다시 마음을 가다듬으며 기억을 더듬었다. 검진센터는 결코 작거나 음습하지 않았다. 음성적이고 불미스러운 짓과는 어울리지 않는, 밝고 확 트인 곳으로 기억되었다. 그렇지만 임신을 설명할 길이 달리 없었다. 설명이 불가능한 시간을 끌어들이는 수밖에….

갑자기 싸 해오는 아랫배에 손을 대 보았다. 이 안에 생명체가 있다고 했다. 지금처럼 잘 자라준다면 내년 봄엔 서로 눈을 마주칠 수도 있는 그런 생명체가 말이다. 손을 좀 더 아래 치골 가까이 내려 본다. 어떤 살아있음도 감지되지 않았다. 그러나 분명히 보았다, 팔 딱거리던 작은 심장을. 혹시 오늘 하루가 통째로 꿈은 아닐까. 친구 하나 없는 네가 뭘 알아, 전 남편이 툭하면 이죽거리던 말이 들려오는 듯했다. 어디선가 이 상황을 지켜보며 비웃고 있는 비열한 표정도 눈앞에 아른거렸다. 남편은 내가 무남독녀 외딸로 홀어머니와 자라서 사회성이 없다고, 어울릴 수 있는 타인이란 엄마밖에 없다며 비난하곤 했다. 이를테면 남과 어울릴 줄 몰라 친구 하나 없는 나와 사는 것이 답답하고 외로워서 자기가 밖으로 돌 수밖에 없다는 것이었다. 참 듣기 싫은 말이었는데 틀린 것도 아니었다. 이럴 때 마음 터놓고 지낼 친구라도 하나 있으면 좋았을 것 같았다. 적어도 이게 꿈인지 현실인지 정도는 분명하게 말해주었을 테니까.

컴퓨터를 켜고 검색어를 입력했다. '위내시경 성폭행'이라고 썼다가 '위'를 '수면'으로 고쳤다. 의외로 검색 화면이 빼곡했다. 실제 그런 사건으로 의사가 구속된 일도 있고 유사 사건도 많았다. 연관 검색어에 뜬 성폭행 의사, 병원 성폭행, 수면 마취 프로포폴 등도 하나하나 클릭해봤다. 읽다 보니 수면 마취 후 기억을 잃는 것 정도는 크게 놀랄 일이 아니었다. 그 와중에 혼자 무사히 귀가한 것이 오히려 더 놀라울 정도였다. 버스로 한 시간은 족히 걸리는 거리를, 의식도 없이 어떻게 왔을까. 혹시 귀가하는 동선에서 무슨 사건이 발생한 것은 아닐까? 납치라도 당했었나, 에 생각이 이르자 내가 미치광이가 된 기분이 들었다. 어쩌면 그게 맞았는지도 몰랐다. 현실은 멀쩡한데, 왜곡된 인식을 하는 것일지도. 내가 원하는 건 그저 평범하고 정상적인 현실일 뿐인데, 머릿속이 복잡했다. 문득, 외로웠다.

잠들고 싶었다. 수면제 두 알을 털어 넣고, 검진센터 홈페이지를 뒤졌다. 약 기운이 돌 동안 의료진들 사진이라도 보면 기억이 되살아나지 않을까 하는 계산이었다. 그러나 최신 장비 사진들뿐이었다. 누웠다. 정신을 집중해본다. 어제, 그제, 그리고 그 전날, 차근차근 거스르다 일주일이 채 못 가 스르르 잠이 들었다.

다음날 검진센터에 도착한 게 오전 7시 30분, 이른 시간임에도 사람은 많았다. 접수처로 안내를 받았다. 예약 환자냐는 질문에 순간 멍했다. 이미 검진받은 사실을 밝히고 당시 위내시경 담당자를 만나고 싶다고 말했다. 내가 누차 말하는데도 여자는 말귀를 못 알아 듣고 자꾸 답답하게 굴었다.

"검사 결과지는 자택으로 발송해드렸는데, 혹시 못 받으신 건가요? 재발급해드릴까요? 아니면 결과 상담 을 따로 잡아드릴까요?"

"결과 상담이 아니라, 수면 마취 중에 허튼짓한 놈 을 만나게 해달라는 거라고요."

그건 가능성 중 하나일 뿐인데 불쑥 거친 말로 튀 어나갔다. 여자는 당황한 기색으로 허둥댔다. 나를 둘 러싼 사방의 시선들이 불편했다. 어디선가 웅성거림도 들려왔다. 옆 창구 여직원이 달려와 나를 상담실로 안 내했다. 차 한 잔 주겠다는 걸 거절했다. 이윽고 풍채 좋은 남자가 들어왔다. 선하면서도 단호한 눈매를 가 진 남자가 자초지종을 물었다. 다소 심각했던 남자의 표정이 내 이야기를 다 듣고는 실소로 바뀌는 그 찰나 를 난 보고야 말았다. 수치스러웠다. 다행히 남자는 여 유롭고 정중했다.

"인터넷에 떠도는 그런 황당한 사건은 소설에나 있는 얘기고요, 우리 병원에서는 절대 일어날 수가 없습니다. 일단 어떤 검사 과정도 검사자 혼자 하는 경우는 없어요. 더군다나 위내시경 같은 경우는 두 명이 써포트를 하구요, 또 회복실엔 커튼은 쳐있지만 여러 환자들이 함께 있기 때문에 우려하신 상황 같은 건 있을 수 없습니다"

"그럼 제 임신을 어떻게 설명하실 건가요?"

"그걸 저희한테 물으시면 어찌합니까. 아, 좋습니다. 일단 직접 둘러보시면 제 말뜻을 이해하실 겁니다"

나는 검사실과 회복실을 둘러보고 위내시경을 담당했던 스텝들을 만나고 싶다고 했다. 남자는 어처구니 없는 요구이지만 크게 배려하는 차원이라며 허락했다. 여자와 남자가 나와 동행했다. 검사실은 생각보다 협소했다. 검사 시간도 길지 않고 대기 환자가 많아 바쁘게 돌아갔다. 검사실의 문이 조심스럽게 열렸다. 수면 내시경 검사가 진행 중이었다. 열중하고 있는 의료진은 여자 둘이었다. 호스가 들어가는 것을 모니터로 지켜보는 의료진의 낯에선 육체적 욕망 따위가 조금도 읽히지 않았다. 오래 실례하지 않아도 되었다. 동행한 풍채 좋은 남자의 표정이 더 자신만만해졌다. 회복실은 검사실 바로 옆이었다. 말이 회복실이지, 문도 없었다. 이동식 침대 여덟 대가량이 놓여있고, 각 침대에 커튼이 쳐있는 정도였다. 검사 후 한 시간 정도 잠을 재운다고 했다. 그때 내시경 검사실에서 이동 침대 하나가 들어왔다. 침대 위 여자는 잠꼬대를 하고 있었다. 간호사 한 명이 말대꾸하며 그 환자 곁에 있었다. 분명 자고 있는 여자인데 간호사와의 대화가 꽤 자연스레 이어졌다. 가수면 상태에서 흔히 있는 일이라고 남자가 설명해주었다. 여기서 무슨 일이 일어나기란 불가능해 보였다. 남자는 충분히 설명되었냐고 내게 물었다. 그랬다. 그러나 사실 마음이 개운치는 않았다. 나는 임신을 설명할 다른 가능성에 대해 생각해야 했으니까.

상담실로 돌아왔을 때, 테이블에 차트가 놓여있었다. 내 건강검진 기록이라며 남자가 한참을 들여다 보더니 놀라운 사실을 말해주었다. 7월 16일, 나는 수면 마취제를 맞고도 검사 전 의식이 깨어 보호자의 동의를 받고 마취제를 추가 투여했다는 것, 그리고 검사가 끝난 후 회복실을 거치지 않고 바로 귀가했다는 것이었다. 물론 보호자와 함께 말이다. 보호자라니 뜻 밖이었다. 남자가 차트를 내게 주었다. 보호자 성명은 민영태, 관계는 남편이라고 적혀있었다. 동의서에 있는 사인도 민영태의 것이 분명했다. 남편이 그날 다녀갔다는 말인가? 어디서부터 어디까지 남편은 함께 했던 것일까. 왜 남편한테 연락 했냐고 따지자 남편이 왔던 것도 몰랐느냐며 오히려 남자가 황당해했다. 수면 마취를 할 때는 원래 보호자가 동행해야 하는데 통상적으로 지켜지지는 않는 게 사실이라고. 그러나 나의 경우처럼 마취 도중 깬다거나 할 때는 반드시 동의를 받고 진행해야 하기 때문에 보호자가 내원해야 한다는 것이다. 남편이 왔었다니. 아니 민영태가! 보호자 란에 그의 이름과 연락처를 적는 건 오랜 습관 같은 것이었다. 더 이상 쓰면 안 된다는 것을 알면서도 그런 사실을 의식도 하기 전에 그의 이름은 곧잘 적히곤 했다. 그렇지만 그가 실제로 보호자의 역할을 할 일이 있다고는 꿈에도 생각지 못했다. 그런 줄 알았다면 나는 좀 더 신중했을 것이다. 회복실을 거치지 않은 이유는 보호자의 급한 일정 때문이라고 메모되어 있었다. 실제로 보호자 없이 혼자 오는 환자의 경우는 회복실에서 충분히 잠을 자고 가지만 보호자가 동행한 경우는 대부분 바로 돌아간다는 설명을 들었다. 멍했다. 먼저 자존심이 상했다. 이혼 후 서로 연락 한번 오간 적이 없는데, 의도치 않게 내가 먼저 연락을 한 셈이니 말이다. 더욱이 보호자 노릇을 한 다음 날에도 문자 한 통 없었다니, 여전히 냉담한 그가 얄미웠다. 나의 허락도 없이 남편한테 연락을 한 사람들한테 화풀이라도 하고 싶은 마음에 마취제를 두 번이나 투여한 것이 타당했는지, 부작용은 무엇인지를 따져 물었다. 남자는 더 이상 피곤한 내색을 감추지 않았다. 그곳을 나갈 때가 된 것이었다. 망신도 그런 망신이 없었다. 그러나 꼭 확인할 것이 몇 가지 있었다. 남편이 왔을 즈음과 내가 센터를 나갈 때의 상태, 그리고 확인할 수 있는 시간 등.

부축해서든 거동이 가능한 상태였으니 바로 귀가할 수 있었겠죠, 라는 시큰둥한 답변이 돌아왔다. 귀찮은 내색에 굴하지 않고 나는 수면 마취에 사라진 기억에 대한 설명을 요구했다. 남자는 검진 후 멀쩡하게 제 발로 걸어 나간 환자가 다음 날 항의했던 일화를 들려주었다. 검사를 받지도 않았으니 검사비를 환불하라고 했다나. 수면 마취 전의 기억까지 잃은 경우였다. 정도는 다르지만 비슷한 일은 종종 있다고 했다. 일시적인 것이지 심각한 일은 전혀 아니라고도 힘주어 말했다. 어쨌든 오해가 풀려서 너무 기쁘다며 언제든 도움이 필요하면 연락 달라는 말로 나를 밀어냈다. 그제서야 사람들 눈에 비친 내 모습이 신경 쓰였다. 얼마나 우스꽝스러워 보였을까. 내가 나가면 박장대소하며 뒷담을 나눌 것만 같았다. 창피했다. 서둘러 내빼는 꽁무니에 임신을 축하한다는 말을 붙이는 예의를 남자는 잊지 않았다.

6층짜리 검진센터 건물을 등지고서야 나는 큰 숨을 내쉬었다. 찐득찐득한 눈물이 눈가를 적셨다. 긴장이 확 풀리면서 나온 동공의 진한 땀과도 같은 그런 눈물이었다. 이제 남편을 만나 남은 조각만 맞추면 될 것이었다.

남편에게 전화를 걸었다. 받지 않았다. 통화버튼을 두 어 번 더 눌렀지만 끝내 연결되지 않았다. 사실 무슨 말을 어떻게 꺼내야 할 지도 몰랐다. 보호자의 자격으로 검진센터 측의 전화를 받았을 때 남편은 무슨 생각을 했을지, 문득 궁금했다. 급작스레 왔을 남편이 의식 없는 나를 보고는 어떤 마음이 들었을까. 애틋함도 있었을까? 만약 입장이 바뀌었다면 나는 어땠을까? 안쓰러움도 있었을까? 그러나 전제 자체가 말이 되지 않는다. 남편에겐 이미 다른 보호자가 있음으로 내게 연락이 왔을 리는 없다. 임신을 축하한다는 말이 뒤통수에 끈적하게 달라붙어 불편했다. 머리를 흔들어 봐도 떨어져 나갈 기미는 없었다. 아랫배를 만지며 남편을 떠올려 본다. 내 옷을 벗기고, 잠든 몸을 안고, 흔들며 신음하고 있는, 상상인지 기억인지 모를 영상 속 남편은 욕정에 허덕이면서도 입꼬리에 냉정함이 박혀있었다. 그것만은 기억일 것이었다. 부부로 살았던 기억의 파편이었다.

남편은 섹스 할 때 공격적이었다. 거부하는 나를 힘으로 제압하며 강하게 밀어붙이곤 했는데, 절정의 순간이 지나기가 무섭게 이런 메시지를 보내오곤 했다. '나는 네까짓 년을 증오한다.' 입꼬리, 혹은 눈꼬리, 어쨌든 딱히 꼬집어 말할 수 없는 어느 곳을 통해 총체적으로 만들어내는 멸시는 나를 섬뜩하게 만들기 충분했다. 그러나 그것을 내가 불만으로 토로한 적은 한 번도 없었다. 남편에 대한 '더럽다'라는 내 생각 또한 비슷한 방식으로 표현되고 있었을 것이므로. 우리의 증오는 깊었다. 이혼 무렵에는 증오가 극에 달했다. 당장 이혼 도장을 찍으라며 폭언과 협박을 일삼던 남편이 버티기로 일관하는 내게 칼을 휘두르기에 이르렀다. 남편의 계집질을 술버릇쯤으로 평가절하했던 내겐 반전과도 같은 사건이었다. 칼을 들이미는 사랑 타령에 나는 끝내 항복할 수밖에 없었다.

내가 임신을 했다는 사실이 거짓인 것만 같았다. 가방 앞 지퍼를 열고 산모 수첩을 꺼냈다. 흑백의 자궁이 낯설었다. 작은 화살표로 자신의 존재를 증명해 보이고 있는, 그것을 보니 괜히 소름이 끼쳤다. 어지러웠다. 속이 메스껍고, 아랫배를 콕콕 찌르는 통증이 계속되었다. 정신을 살짝 놓기만 해도 일순 무너질 것만 같았다. 눈앞 가게로 일단 들어갔다. 앉아서 숨을 고르고 보니 김밥천국이었다. 번잡하고 번쩍이는 빌딩 숲에서 만난 천 원짜리 김밥을 보니 눈시울이 뜨거워졌다. 눈물이 흐르기 시작하자 조건반사처럼 어깨가 들썩 여지고 콧잔등도 시큰해졌다. 어떤 마음의 동요도 없이 나는 기계적으로 훌쩍이며 김밥 두 줄과 어묵이 있던 그릇을 순식간에 비웠다. 해체된 재료들이 속에서 서로 엉키며 아우성치겠지. 그런 생각을 하니 헛구역질이 났다. 남편하고 통화가 되면 만나고 들어가려 했으나 끝내 연락이 없었다. 문자라도 보낼까 하다가 관두었다. 눕고 싶은 마음이 간절했다.

또 얼마를 잤을까. 가스레인지 불을 끄지 않았나, 하는 착각을 했을 만큼 집안은 후끈했다. 샤워하고서야 숨쉬기가 좀 편안해졌다. 숨만 고르고 드라이어로 머리를 말릴 셈이었는데, 소파에 등을 기댄 채로 잠이 들었다. 복통 때문에 잠이 깼을 때는 어둠이 짙었다. 분명히 복통 때문이었는데, 배가 아프다고 느낀 게 꿈이었나 싶게 통증은 기억조차 아련했다. 허기 때문이었나. 갑자기 식욕이 돋았다. 얼마 만의 식욕인지 몰랐다. 그러나 반가운 식욕을 해소하기엔 턱없이 부족한 냉장고였다. 김치볶음밥 정도가 최선이었다. 두 꺼풀 정도 벗겨내고서야 멀쩡한 속살을 내보인 양파와 말라비튼 고추를 송송 썰어 볶다가 김치를 넣었다. 한껏 달구어진 프라이팬 위에서 올리브유와 젖은 김치가 서로 투덕거리는 소리가 요란했다. 얼마만의 활기였던가. 콧노래를 얹어도 좋을 경쾌한 공기가 집 안을 휘젓고 다녔다. 김 가루와 참깨를 뿌려주니 꽤 그럴싸해 보였다. 프라이팬 째 놓고 먹으려다 대접에 옮겨 담았다.
곁들여 먹을 만한 것이 없었다. 김치볶음밥에 김치는
아닌 것 같아 파김치를 꺼냈다. 파김치도 적당한 크기
로 썰어 접시에 담았다. 프라이팬에서 볶는 동안 김치
에서 군내가 빠져 볶음밥은 꽤 먹을 만했다. 기분 좋게
배가 불렀다. 포만감이 취기처럼 온몸에 퍼졌다. 심장
에서부터 먼 쪽으로 모세혈관들이 도미노처럼 기지게
를 켜는 듯, 나른해졌다. 나도 모르게 손이 아랫배로
갔다. 아랫배를 동그랗게 쓰다듬듯 문질러 보았다. 순
간, CF의 주인공이 된 것 같은 착각이 들었다. '지금 이
순간 외롭지 않네요' 정도의 카피 문구가 화면 중앙에
자막으로 흘러도 좋을 듯 했다. 가당치도 않다는 자각에
이내 실소가 터졌지만 그 또한 나쁘지 않았다. 그 즈음
이었다. 오랜만에 한껏 누려본 느슨함이 깨진 것은.

전화벨, 남편이었다. 전화벨소리와 함께 '안녕하세
요 민영태입니다' 가 번쩍 거리는 것을 보자 가슴이 뛰
었다. 설렘인지 긴장인지, 두려움인지는 몰랐다. 통화
버튼을 눌렀다. 남편은 뭐가 그리 급한 지 '여보세요'
도 잘라 먹었다.

"왜?"

"잘 지냈어? "

"왜 전화했냐고? 빨리 말해"

"확인할 게 있는데, 검진센터 왔었다며…그날 "

"또 하고 싶어서 연락했냐?"

"무슨 뜻이야?"

"내숭 떨기는. 아 좋아 좋아, 아주 껌뻑 죽어놓고 이게!"

"만나서 얘기 좀 해. 어디야?"

"웬 마누라 노릇이야?"

"내일 점심때 회사 앞으로 갈게. 잠깐 봐"

"안돼. 우리 마누라가 임신 중이라 요새 엄청 예민하거든"

대꾸할 말을 찾고 있는데 그냥 끊겨버렸다. 다시 전화를 하려다 말았다. 내 화를 돋우려고 작정하고 이죽거린데 더 들을 필요는 없었으니까. 남편의 오랜 주사였다. 술만 마시면 비꼬고 빈정거렸다. 아내가 임신했다는 말은 안 듣는 게 더 좋았을 것이다. 아직 그 여자랑 잘 사는 모양이었다. 아니 여자야 또 바뀌었을 수도 있지만 중요한 건 남편이 임신이라는 이벤트를 이미 즐기고 있었다는 점이다. 임신이라는 두 음절에 묻은 자신감을 나는 놓치지 않았다.

동거 1년에 결혼 3년, 우리는 셀 수 없을 만큼 섹스를 했지만, 임신은 먼 나라 이야기였다. 아이가 생기면 남편의 바람기가 잡히지 않을까 하는 기대로 남몰래 임신을 위해 노력한 적도 있었지만 잘 되지 않았었다. 사는 동안 한 번도 자녀계획이나 임신에 대해 서로 말을 꺼낸 적이 없었다. 그런 이야기가 자연스럽게 이어질 타이밍에도 내가 의식적으로 비껴갔다. 열망을 드러내는 순간 모든 것을 잃을 것만 같았다. 나를 가졌다는 이유로 버림받은 엄마처럼 살고 싶지는 않았다. 정상적이지 않더라도 정식적인 가정이 내겐 필요했다. 동거 1년 만에 혼인신고, 그것을 해냈을 때 나는 비로소 안도했다. 그러나 사랑이나 열정 따위가 모두 식은 후에 세운 집은 처음부터 위태로웠다. 작은 흔들림에도 허물어내려 앉을 것만 같아 늘 불안했다. 흔들리면 모래성처럼 흔적도 없이 흩어져버릴 것이었다. 부질없는 시간에 힘겹게 안녕을 고하고 다시 모래알이 되고서야 나는, 비로소 외롭지 않았다.

내가 임신을 했다. 가수면 상태에서 전 남편에게 겁탈을 당했거나, 의식도 못 한 채 격정적인 섹스를 나누었을 것이다. 전자와 후자를 오갈 때마다 8주 차 생명체의 가치는 극단적으로 달라졌다.

온몸의 신경을 곤두세워 봐도 새 생명과 교감할 수는 없었다. 그러나 존재감만큼은 무겁게 다가왔다. 내년 봄이면…. 다음 봄을 떠올리자니 지워진 기억을 더듬는 것만큼이나 아득했다. 지금 몇 시지? 나의 반복적인 질문에도 시계는 친절하게 답해주었다. 10시 45분. 초침이 한 칸 한 칸을 꾹꾹 누르며 돌아가는 모습이 고단해 보였다. 쿵쿵, 초침이 발소리를 낼 때마다 머리가 깨질 듯 아팠다. '아 좋아, 좋아', 남편이 부러 천박하게 흉내 낸 음성이 귓바퀴를 따라 돌았다. 고개를 저을수록 끈덕지게 달라붙었다. 구역질이 났다. 결정은 어렵지 않았다.

　수면 마취를 완강히 거부하는 나를 간호사는 몹시 답답해했다. 진통제를 맞는 것으로 이야기를 끝냈는데도 포기하지 않고 계속 회유했다. 수술 도중 딴 소리 하지 않기로 몇 번이나 다짐해야했다. 수술 가능한 병원을 찾아 군포까지 힘들게 왔다는 것을 힘주어 말하고서야 침대에 누울 수 있었다. 내 속을 꿰뚫어 보려는 듯 예리하게 눈을 번뜩이며 내려다보는 무영등을 보니 가슴이 뛰기 시작했다. 긴장을 풀라는 간호사의 말이 귓가를 맴돌다 흩어져버렸다. 원장은 급한 진통으로 조산하는 산모의 아기를 받고 있다고 했다. 늦어도 십 분 후면 수술이 들어간다며 링거액 속도를 늦추었다. 눈을 둘 데가 없어 약이 한 방울 한 방울 똑 떨어지고, 다시 맺히는 것을 물끄러미 보았다. 심장이 두 번 뛸 때 링거액은 한 방울이 떨어졌다. 더딘 흐름을 보니 왠지 더 초조해지는 것 같아 시선을 돌렸다. 내가 하는 양을 잠자코 지켜보는 무영등의 위엄에 흠칫, 몸이 움츠러들었다. 눈을 감아버렸다.

　어디선가 희미하게 아기 울음소리가 들렸다. 거리감 때문이라기보다는 소리 자체가 가벼웠다. 울음소리가 들려오는 그곳이 궁금했다. 감격에 젖은 남편의 과장된 표정이 잠시 어른댔다. 아기의 울음소리는 잠시 잦아드는 듯하더니 자지러지기 시작했다. 그곳을 들여다보고 싶은 충동이 더욱 더 강하게 일었다. 그대로 있을 수가 없었다. 눈을 떴다.

무영등은 그럴 줄 알았다는 듯 눈빛을 번뜩이며 나를 보고 있었고, 링거는 심장보다 빨리 뛰며 새로운 엇박자를 만들어내기 바빴다. 약 방울이 쉴 새 없이 떨어져 흘러내리는 것을 보고 있자니 숨이 가빠졌다. 악을, 악을 쓰는 아기는 곧 숨이 넘어갈 것 같았다. 가슴이, 가슴이 터져버릴 것 같았다. 나는 있는 힘껏 손을 뻗었다. 순간, 모든 것이 멈춰버렸다.

문을 열자 고요의 강이 더디고 무겁게 흐르고 있었다. 어디선가 아기 울음소리가 희미하게 들리기 시작했다. 나는 그곳을 향해 내달렸다. 어쩌면 봄을 만날지도 모를 일이었다.

황 소변소(黃 小辯所)

어디, 춤 한 번 춰볼라요? 바람 한 번 타 볼려요?
바람따라 몸을 맘껏 흔들다가
물 위로 사뿐히 내려앉으믄 되겠소.
오메! 허연 바람이 부요!!

오메! 허연 바람이 부요!!

오메, 여그 바람은 늙도 않는갑소잉.

앙탈 떰서 달라드는 것이 여전해붕께. 워때요? 좋
아라우?

그리 그립다던 풍림지 아니요. 많이 변했지라우?

가물어서 그란가, 물도 많이 빠진 것 같고. 솔찮이
큰 줄 알았드만 지금 봉께 별라 크도 않네요잉. 여그가
좋겄네…

아따 바람 참 사납소. 모처럼 힘 좀 줬는디 스타일
다 망가져부네. 그래도 멋지지라우? 원체 원판이 좋긴
헝게, 울성님 탁애서말여라우.

아구구 허리야. 죙일 앉아서 떡밥 달아갖고 떡붕어

잡던 때가 엊그제 같은디…. 참말로 인생이 무상허요잉. 그래도 간만에 이라고 있응게… 나는 참 오지요. 여그도 진즉 오고 싶었는디, 사는 게 별 건 없는디도 고단스럽디다.

염치읎고 미안스럽게 일단 한 잔 헙시다. 받으쑈잉. 한 잔 술에 노여움도 싹 다 비우시고!

이게 뭐신 줄 아요?

한 송이 국화꽃을 피울라고 봄부터 소쩍새가 울어제꼈다믄

나는 여그다가 이 도장 하나 꽉 찍을라고 겨우내 쌩지랄을 떨었는 갑소. 안즉 잉크도 안 마른 따끈따끈한 사업자 등록증인디… 잘 안뵈요?

보다시피 황 소변소요.

소변소는 말여라우, 똥도 싸고 오줌도 싸는 똥깐이 아니고,

대신 소변을 해주는 곳이다, 이 말이요. 나는 인자 거그서 소변인(小辯人)이자, 소변소(小辯所)의 소장이고라우

소변이 뭐겄소. 작을 소, 말 잘할 변이요. 설마 똥 변을 썼을깜시. 변호사나 대변인에 쓰는 '변'하고 같은

변이지라우. 말하자믄 나가, 변호사나 대변인하고 같은 끕인디 그 냥반들은 바쁘게 큰 껀수들을 허고, 나는 인자 그보다는 뭐시기한 변, 쪼께 짜잘한 변을 헌다, 혀서 소변인이지요잉.

사업은 사업이재. 사업자 등록증은 매곱시 나오간디? 보다시피 엄연한 서비스업이요. 당연히 돈도 받지라우. 무료 서비스도 아니고 자선사업도 아닝께…

변비를 받을라 허요. 옴마야, 껄쩍지근한 돈 아녀라우.

버스비, 학원비, 가스비 요런거 모냥 소변해주고 받는 돈이다, 혀서 변비(辯費)요. 이름은 쪼께 거시기혀도 어떤 돈보다 깨끗해라우.

인자 아우가 뭔짓을 할라는가 감이 쪼께 잡히요?

왜 쓰잘탱이 없다 그라요, 섭섭하게시리.

목소리 큰 놈이 성공하는 세상이다봉께 힘없는 사람은 끽소리도 못하고 죽는디, 그걸 보고만 있으믄 쓰겠소?

싸나이 황섭연! 한 번 사는 거, 지금부터라도 의미있게 살고자프요. 변소랑께 벨 볼 일 없고, 황섭연이한당께 션찮아 뵈는가빈디, 내가 포부는 커라우.

누가 모르요? 월급 따박따박 받고 살믄 편키야 하겠죠잉.

근디 솔찍헌 말로 나겉은 놈 어서오십쇼, 할 데가 어딨겠소.

고등핵교도 보도시 졸업했는디. 뒷구녕으로라도 들어갈만한 돈이 있소, 빽이 있소. 생긴 게 반반하길 햐, 성질머리가 고분고분하길 햐. 아이고, 나도 나겉은 넘 돈줘감서 안 부리겠소. 말 잘듣고 똑똑한 어린 것들도 지천에 널렸는디.

요샌 배운다고 외쿡물 많이 먹고 와도 취직하기가 힘들다허요. 보도시 큰 기업에 간다한들 좋을 일 있간디? 회사 덕이라도 볼깜시? 우리같은 사람은 끽해야, 생산이나 제조쪽일턴디 밑바닥 인생이 다를 거 있겠소. 천장이사 높든 낮든, 쌤핑이든 낡았든 간에 맨바닥은 매양 차고 고된거잉께.

째빠지게 일허다 폐품되믄 폐기처분 돼불고요잉.

그건 굴지의 타이어 회사 댕긴 성님이 누구보다 잘 암서나 그라요.

성님 맴을 모르는 건 아녀라우. 아우라고 하나 있는 것이 장가도 못 가, 변변한 직업도 없어, 나이만 열심히 먹고,

인자는 듣도 보도 못한 사업을 한당게 영 션찮고, 못마땅 하겠지. 눈치는 빤하고, 말이라도 못허믄 밉지는 않겄는디, 한 대 쳐불 수도 없고요잉.

근디요, 성님! 걱정일랑 붙들어 매시쇼. 나는 애시당초 가진 게 없었응게 잃을 것도 없고, 인자는 호락호락 당할 만큼 어리숙허도 않소. 산전수전 겪고 봉께, 별라 무서운 것도 없어라우. 사는 게 뭔 대단한 벼슬이라도 되는 양 폼잡을 필요도 없다 싶드만.

난 말요잉, 구르다봉께 개똥밭이라 혀도 모르는드끼 눈 딱 감고 같이 똥이나 싸 제끼는, 그런 개똥같은 인간은 안될라고 허요. 아따. 까시랍소잉. 개똥이나 치우고 살겄다는 말이 아닌 건 암시롱. 어째 그 변소를 이 변소에 대고 그라요, 찜찜허게스리. 허긴 그 변소나 이 변소나 거시기혀서 거시기헝게, 그 똥이나 이 똥이나 거그서 거그긴 하요잉.

워쩐댜. 변소 간판도 안즉 안 올렸는디, 우리 성님이 초쳐부네. 설령 내가 쫄딱 망해부러도, 성님한테 돈 보태돌라고는 안할텅게 걱정말아라우. 물론 망할 리도 없지만! 옴맘마, 시건방이 아녀라우. 이게 어디 망할 껀덕지나 있간? 자본금 자체가 필요하덜 않은디. 사무

실이랄 게 뭐 있겄소. 살던 디다 간판 하나 걸믄 되아
뿐디.

중요한 것은 요 입 뿐이요, 입! 오메, 주둥이가 뭐다
요.

앞으로 먹고 살 길이 달린 백만불짜리 입인디. 인자
는 내 목쉼이 요 입에 달렸구마잉.

글고보믄 나가 이날입때껏 잘한단 소릴 들어본 건
그 하나빼끼 없소. 말, 말말이요잉. 공부를 잘햐, 운동
을 잘햐, 근다고 손재주나 있간디. 나불나불 주둥이나
놀릴 줄 알았지. 오죽허믄 사람덜이 나를 입둥어라 불
렀겄소. 물에 빠져도 입만 둥둥 뜰 거람서 말이요.

글고봉께 성님, 국민핵교 댕길 땐가, 나 여그 빠졌
던 적 있지라우. 성님이 잡은 붕어 놓쳤다가, 오메오메
그랑께말여요. 붕어 잡을라고 물 길 나섰다가 황천길
갈 뻔 했지라우.

근디 그때 참말로 내 입만 둥둥 떴담서요.

거그가 저 짝께 아녀라우? 그때는 물도 훨씬 짚었
는디,

민석이 아부지 아녔으믄 으찌됐으까잉. 시방도 눈
에 선하요.

내가 그때 정신이 오락가락 해싼디도, 하얗게 질린

202

성님 얼굴이 비잉께 정신이 번쩍 들더랑께. 강산이 몇 번은 더 배뀌었어도 우리 성님만은 여전하요. 나만 보믄 이렇게 하얗게 질려있응게. 인자는 참말로 걱정 안 해도 괜않은디. 철없는 동상 걱정에 허옇게 새버린 우리 성님을 으찌해야쓰까잉.

말 나온 김에, 으디 한 번 안아라도 보끄나. 뭣이 넘 사시럽댜, 보는 사람도 없고만. 대보름이라고 모다 모여 노니라 바삔디, 누가 우릴 보고 앉았겠소. 뭣이 징그럽다고, 아따 안을 게 성님 뿐이간디. 말 나온 짐에 우리 성님 한번 안아볼까. 아이코 인자 요 양 팔을 벌리는 것도 힘에 부치네요

오메⋯ 오진 거⋯ 그래도 이라고 있응게 오지고 또 오지요. 바람도 간지러부네.

하. 저기 저 풍악소리 들리요? 마을서 대보름잔치 시작했는갑소. 성님도 오랜만에 바람좀 푹 자시쇼. 시원하고 달달하니 좋구마잉. 싸늘하고 텁텁한 서울 바람허곤 맛이 달라부요. 서울은 더 우짝에 있어서 그란가 바람이 아직 참다다. 싸늘하고 매서버. 근디 이따금 바람도, 안쓰런 생각이 드요.

혹시 누가 안아줄까 싶어서 이 품 저 품 댕겨봐도 품어주는 디가 없응게, 맘 못 잡고 떠도는 거 아녀라우. 그럼서 점점 독해진 거잉게, 을매나 딱허요.

왜요, 형수님 생각나부요?

춤바람이 무서운 거, 나는 그때 처음 알았소. 집까지 싹 다 팔아묵고 토껴불더니 코빼기도 안 비치데. 사람이 워쩨 그리 독하다요. 자식 없으믄 부부도 넘이라긴 허드만, 이건 뭐 넘보다도 더 못혀요. 허긴 형수만 같아도 양반이지, 우리 변주리 여사님에 비허믄 말이요. 댓 살 빼끼 안 먹은 자식들을 모진 바람 속에 팽개쳐불곤, 바람과 함께 사라지지 않았소.

한 번은 찾아오겄지 혔드만 참말로 독허지 독혀.

왜요, 엄마 숭좀 보믄 안되라우?

만날 나헌티 속창아리 없는 놈이라더니 성님이 그 짝이요.

나는 행여 오실까… 이제나저제나 지둘리다 실망헐 때마다,

혹시 죽을만큼 아프거나 벌써 저세상 양반이 됐는갑다 혔소.

근디 그것도 아닙디다. 참말로 대단한 양반이랑게.

내가 왜 장가를 못 가간디. 엄마나 성님 아녔으믄 나도 오늘같은 정월대보름에 아들, 딸 손잡고 달집이나 만들고 있었을랑가 모르요. 성님도 어디서 쥐불이나 놓고 있었을지도 모르재. 근디 시방 우리는 이라고 앉거서 바람 타령이나 하고 있고, 나는 아직도 여자라믄 겁부터 나부요. 그려요, 탓해서 뭐허겄소. 술김에 그냥 허는 소리요잉.

아이고… 우리 대단하신 어머니, 변주리 여사님 얘기를 해야는디… 어디서부터 썰을 풀어얄랑가…. 답답헝께 한 잔 더 합시다. 요 잔은 귀밝이술잉께 내 말 잘 들을라믄 꼭 비우쇼잉. 안주는… 나물 자실라우? 보름이라고 써비스로 주드만… 아니요, 이 것 먼저 자셔보시쇼. 손두부 찾을라고 발품쪼께 팔았는디 맛이 참 좋더라고. 맛이 워때라우?

오메, 엎드려 절받기여도 맛나당게 마음이 푼푼해부요.

나가 말요잉,

성님이 공장서 갑자기 쓰러지고, 회사서는 배째라 할 때 말여요잉. 내 분에 못 이겨서 닭뼈 주서먹은 똥개 모냥 막 뛰댕기다봉께, 그러코롬 혼자 힘빼고 있을 때가 아니다 싶데요. 뭔 대책이라도 세워얄 거 아녀요 잉. 회사 웃분들은 나를 안 만나줌께, 고민 고민허다 노동청으로 갔어라우.

노동자의 권익을 찾아준다는 곳잉께 조언조께 얻어볼라고 혔소.

근디 뭔놈의 절차가 그리 복잡헌지, 담당자만 찾아 댕기다 볼 일 다 봤어라우. 쪼께 야그하다보믄 그 부분은 지 담당이 아닝게 누구한테 가보랴. 말해준 디로 가믄 지가 담당하는 맨치만 딱 야그하고, 나머지는 모른댜. 또 딴 사람한테 가보래서 가보믄 바로 만날 수나 있간디. 바쁘댜. 뭣이 그리 바빠싼지… 하여간 하루 점드락 옮겨댕김서, 지둘려감서, 멫 명을 만났는가 몰러. 말도 못헌당게요. 그렇게 모자이크맨치로 쪼께씩 주서들은 야그가 합헐랑게 정리나 되간디. 당최 모르겄다고 혔더니, 누군가 그라믄 노무사를 찾아가라데요. 그 냥반들이 그 쪽으로 전문가라나. 말마따나 노무사를 만나봉게 설명도 친절허게 잘허고, 모르는 게 없어불드만. 역시 전문가는 다른가비다 혔지라우. 근디 이유가 따로 있드라고요.

즈그들이 성님 문제는 깨끗하게 해결을 해주겄다 길래 뭐 이런 고마운 양반들이 다 있나 혔더니만, 돈을 내라데요. 금액이 엥간해야 고민이라도 해보는디, 착수금 부터가 음청나데요. 못하겠다고헝께 실망하는 기색입디다. 가만 있으믄 안된다고 부추기긴 해싸트만, 돈이 있으믄야 왜 안허고 싶겄소.

성님이 유독가스땀시 쓰러진 거 깨깟이 밝혀주고, 억울한 마음꺼정 싹 다 풀어주겄단디 싫을 리가 있간, 돈이 웬수지.

고민해보고 도움 필요하믄 은제든 연락달라데요. 글혀도 끝까지 친절헝게 고맙기까지 허드만, 오메 상담비를 달라데. 게우 한 시간이나 있었던 것 같은디, 돈은 옴팡지게 받아불드만.

무료상담이라고 써 붙여논 곳도 마찬가지요. 사무장이란 사람은 돈 안드는 맨치만 상담을 해주고, 깊은 얘기는 돈을 내야만 들을 수 있습디다. 돈 읎는 놈은 뭘 알아볼 길도 꽉 막힌 시상이더랑께. 그러고 댕기다 봉께 가만히 앉아서 말이나 해주고 돈 받는 일은 을매나 편헐까 싶데요잉. 나겉은 사람은 하루 점드락 일혀도 멫만원 받을까 말깐디. 그나마도 몸땡이가 고물돼붕께 인자는 써주는 디도 없지만 말요잉. 머리 좋은 양반들은 을매나 편컸소. 부럽습디다. 말이라믄 나도 쪼께 잘허는 축인디…

오메, 누가 그 냥반들 숭내를 낸다고 그라요? 누구 숭내 내자고 소변소를 한다겄소? 숭내는 아무나 낼 수 있간디.

생각 많이 했소. 어떠코롬 허는 것이 성님을 위하는 건가 말이요. 가만 있자니 모지리 겉고, 뭘 어떻게 해 볼라믄 돈도 필요허고 일이 복잡해붕께. 솔직히 내가 뭐 을매나 큰 걸 바라는 것도 아니요. 즈그들이 잘못했 다는 걸 깨깟하게 인정하고, 진심어린 사과를 하는 것 뿐인디. 사과 듣는다고 성님이 돌아오는 것도 아니긴 헌디 그래도 도리라는 것이 있잖소.

모르겠소 나가 그냥 생짜를 놓고 싶은 건가 오긴가. 그래도 그렇지 사과 한마디가 뭣이 그리 어려워서 일 을 복잡허게 만드는가 모르겠데요잉. 나를 만나주도 않는 웃사람들 말이요. 회사가 덩치만 크면 뭐햐, 밴댕 이 속알딱지랑께.

사과라도 받을라믄 돈을 벌어야할 판잉게 속이 시 끄러불데요잉.

그러던 와중이요. 아침부터 몸이 찌뿌둥혀서 인나 도 않고 누웠는디, 밖이 소란하데.

집이 길가라도 평상시엔 조용헌 편인디, 웬 여자가

208

악을 악을 써싸. 이따금 남자 목소리도 들리길래 어린 애들 사랑싸움인가비다 혔는디 엥간히좀 허지 조용해질 기미가 없더만요. 글 안혀도 심난해 죽겄는디 시끄럽게 해싼게 을매나 거슬리던지. 참다참다 나갔소. 딴데 가서 싸우랄라고 혔는디, 오메. 젊은 남녀가 즈그들끼리 싸우는 게 아니고, 한 노인네헌티 달라들고 있데요잉. 즈그들 할아버지 뻘이나 되겄드만 욕함서 삿대질허고, 한 대 치기라도 할 기세드만. 뭘 우째요, 가만 둘 수가 있간디 혼구녕을 내서 쫓아버릴라다가 일단 영문을 물었지라우. 벨 일도 아니더만, 폐품 줍는 영감님의 리어카에 야들이 뭔 쓰레기를 버렸는갑서. 영감님이 이건 쓰레기통이 아니라혔는디도 야들이 못들은 척 했다데. 그래도 요즘 애들잉게 그냥 긍갑다 하고 가는디, 살짝 스쳤는갑서. 리어카랑 여자가 말이요. 근디 야들이 할아버지가 역부로 자기들을 쳤담서 그 난리를 친거요. 가방에 흠집이 났는디 명품이라는 둥, 보상 어쩌고 해감서 말이요. 영감님은 난감허지. 둘이 번갈아감서 소락배기를 질러싼디 정신이나 남아있겄소. 내가 성질 같아서는 몇 대씩 두들겨 패줘도 션찮겄드만, 꾹 참고 일단 젊은이들을 먼저 달랬어라우. 귀한 가방인디 을매나 속이 상하겄냐, 살살 달갠다음 영감님 역성을 들어줬지라우. 영감이 역부로 그랬겄냐, 리어카 끌기도 힘에 부치는 양반인디. 참말로 느그들이 미워서 역부로 쳤다치자. 그라믄 영감님이 선방을 날린 셈인디 쪽수로도 밀리는 상황에서 설마 글혔겄냐. 더구나 이것이 접촉사고 보믄 쌍방과실인디, 영감님이 그 가방 물어주믄 느그들은 리어카 물어줄거냐. 조곤조곤 얘기헝께 머슴애는 쪼께 알아듣는 눈치더만. 글혀도 가시나는 계속 구시렁거려싸.

그라믄 나랑 2대 2로 맞짱 한 번 뜨끄나, 혔지라우. 그랬더니 그제서야 영감님한테 죄송하담서 꽁무니를 빼더랑게.

글고낭께 영감님이 내 손을 덥석 잡고는 고맙담서 눈물을 글썽입디다. 괜히 짠해져서는 내 집을 갈차줌서 언제고 오시라 했지라우. 글혔더니 참말로 자주 오시데요. 당신 살아오신 야그, 30년 넘게 연락 끊긴 자식들 야그도 허시고, 뭐를 쪼께 봐달라고도 오시고요잉. 가만 봉께 글을 제대로 모릅디다. 문제지라우. 거그가 철거 문제로 솔찮이 시끄러운 동네 아니요. 모르믄 모른다고 해야는디, 아는드끼 싸인하라믄 하고, 도장 찍으라믄 찍어부렀응게. 정작 당신이 한 일이 뭔지

도 모름서나 말이요. 그래놓고 나가라믄 왜 나가야 하
냐서 버티고 싸울 거 아뇨잉.

구(區)에서 일하는 놈들이 그걸 몰라서 가만 있간
디? 뻔히 암서나도 즈그들이 성가싱께 편할대로 처리
해분거지. 그게 상당히 문제가 많겄더라고요. 쪽방촌
이다봉께 노인네들이 좀 많아야지. 하루 벌어 먹고 살
기도 힘든 양반들 아니요. 폐품 영감님하고 뭐 다를 거
있간디. 안그라요? 글혀서, 그때부터 동네 어르신들을
돕기 시작했소잉. 나가 찬찬히 한글 갈차주고 있을만
큼 차분한 성질은 못 돼도, 우편물이라도 읽어주고 설
명해주는 건 할만항게. 짐짝을 옮기는 일이됐든, 싸움
이 붙었든, 암때고 젊은 사람이 필요하믄 도와드리겠
다 혔지. 그런 소문은 참 빠르데요잉.

어르신들이 오시기 시작하는디, 참 재밌습디다. 첨
엔 폐품 영감님 모냥 누구헌티 꽐시를 받았다, 서럽다
는 류의 소소한 시비거리가 주를 이루데요잉. 근디 눈
물, 콧물 짜감서 서럽다 혀놓고는, 내가 따져 주겄다믄
또 됐댜. 누구라도 알아주는 사람 있응게 되았다고. 그
렇게 모다 마음이 여리요잉.

기구한 인생사를 쭉 풀어놓으시곤 , 끝까지 들어줘

서 고맙다고허요. 나야, 잠자코 이야기 들어주는 게 전
부인디도 고마워 해싸테요.

　그러다 어떤 할머니 한 분이 오셨는디, 오메, 생전
의 우리 할매보다도 더 샜습디다. 거동도 션찮드만, 보
조금 야글 하셔라우. 당신 아들이 어린 손녀를 메칠만
봐돌람서 맡기고는, 연락도 끊은 지 3년이라데. 손녀
가 지체장애이다 봉게, 손 갈 데가 오죽 많겄소. 근디
구(區)에서는 손녀랑 산다고,
　독거 노인헌티 나오던 지원금까지 끊어부렀다데요
잉. 손녀가 노인을 부양한다, 이거지라우. 긍께 법이
참말로 웃기다는 거요. 서류상으 활자에만 연연형께
안 그라요. 가족이 하나 늘었응게 더 이상 독거가 아니
다, 그것만 갖고 결정을 해붕게. 아무리 구에다 호소를
해봐도 씨알도 안 멕힌담서 속상해 합디다. 나라고 복
지를 알겄소, 법을 알겄소. 그치만 나는 성깔은 있응
게. 내 상식으로 이해가 안되불믄, 될 때까지 따져 물
을 수라도 있잖요. 바로 구청 담당자를 만났지라우.
　모가지에 쇳댕이라도 박혔는가 엄청 빳빳하데요잉.
근디 끈질기게 따징게 기가 쪼께 꺾이는 것 같더만요.
오메, 그건 몰랐어라우. 내 인상이 그렇게 더러버라

우? 허긴, 내가 눈을 쪼께만 부라려도 웬만한 사람은 뒷걸음질 치긴 허요. 게다가 끊임없이 입을 나불거려 싸니, 듣기도 싫었을 거고잉. 그래서 그랬는갑만. 하여튼 나는 시정될 때까정 계속 찾아오겠다고 으름장을 놨어라우. 얼굴 도장 찍고 계속 쪼아야지, 글안허믄 신경도 안쓰게. 몇 번 왔다갔다헝께 그 할머니헌티 보조금은 다시 나옵디다. 솔직히 말이 좋아 보조금이지, 벨라 보조도 안되는 금액이요. 그마저도 안해줄라고 해쌓게, 을마나 밉소. 좌우당간 읊는 사람들헌티는 더없이 야박한 시상이랑게.

그 일이 소문이 낭께 한동안은 그 비슷헌 문제로 날 찾아싸테요. 사정들이 모다 딱헌디 워쩌겄어, 나라도 나서야지. 물론 구청에선 나를 무진장 싫어허지요잉. 나가 떴다 하믄 뭐 씹은 표정이 되아부러. 그러든 가 말든가요, 나가 뭐 아무헌티나 괜히 까칠허간디? 잘 못허는 데다는 쓴소리 혀도,
글않는 데다는 한없이 부드러운 사람 아니요.

우리 할매 생각 많이 납디다. 서른도 안돼서 청상과부 되았지, 하나 있는 아들은 속만 쎅이다 앞 서, 며느

리는 바람만 일으키다 토껴부러, 손자 둘 떠 안고 고생만 죽어라 허다 가신 양반 아니요. 징허게 뺀질거리는 내가, 당신 고생에 한 몫 했고라우. 누가 자랑이라혔소. 말허자믄 반성이고, 회한인디. 그랑께 딴에, 어르신들헌티 잘헐라고 헌 거 아니겠소잉. 넘들이 보기에는 백수놈이 헐 일 없응게 넘들 뒤치다꺼리나 해준다, 혔겄지만, 나로서는 속죄이고, 일종으 오블, 오블리주요잉. 성님은 못알아 들을 중 알았소. 그런 말이 참말로 있응게 허지 나가 지어냈을깜시? 어떤 이쁜 여학생이 나헌티 그럽디다. 일종의 오블리주라고. 높은 수준의 도덕적 의무, 책임감 뭐 그런 뜻이라나. 원래는 잘난 사람들 뭐시기에 쓰는 말이라드만, 그 말이 왠지 좋길래 두고두고 써먹는 중이요잉. 내가 요 모양 요 꼴이지만, 요롷게나마 사는 게 어디요. 긍께 감사헌 마음으로다가, 나보다 쪼께라도 못헌 사람들을 도움서 살믄 좋겄다 싶응께. 에이, 그때까정은 돈 벌이로 생각한 거 아녀라우. 보조금 몇 푼땀시 죽네. 사네 허는 양반들헌티 뭔 돈이요. 내가 아무리 돈이 아쉬워도 그런 쌩양아치 짓은 안허요. 참말로 돈은 안 받았당게. 밥은 몇 번 얻어 먹었소. 쌀도 쪼께 받아보고, 그게 전부요잉.

말 안혔소? 오블리주랑게.

누구요? 아, 오블리주 여학생? 이삐당께 궁금헌가벼요잉.

대학생이요, 어느 여대 다닌다드만 을매나 이삔지 말도 못혀. 처음엔 집을 잘 못 찾아온 중 알았드만, 이 황섭연이를 보러 온 게 맞더라고요잉. 쪽방촌에 자원봉사 다니는디 어르신들이 하도 내 얘길 해쌍게 확인차 왔다데요. 혹시 사기꾼 아닌가 싶어서 온 것 같습디다. 이 것 저 것 물어싸테. 왜 어른들을 도와주는지, 그 이유가 그리 궁금한가봅디다. 체면 생각혀서 쪼께 포장해서 말혔소. 나가 음지서만 구르다봉께 사회에서 좌절헐 일이 많더라, 근디 나보다도 힘없는 사람들이 많다는 것을 새삼 깨달았다, 쪼께라도 살기가 편한 사람이 그보다 못한 사람들을 돕는 것이 도리이고 의무가 아니겄냐. 그라요. 그때 그 말이 나왔소, 오블리주! 첨 들어본 말인디 설명을 들응께 참말로 뜻이 좋아부러. 나헌티 살아있는 양심이라나, 멋지다고 해싸트만. 그 날 한참을 야그 했어라우.

성님 야그도 당연히 나왔지라우. 어떻게든 도와주고 싶다는디, 성금 어쩌고 허길래 됐다혔소. 내가 궁리를 혀보고 돈을 벌든지 만들든지 할팅게 걱정말라고 혔지. 같이 사진 찍고 싶다길래 사진도 찍고, 참말로 꿈 같은 하루였당게.

근디 참말로 신기해불데. 그 뒤로 나가 유명인사가
되았소.

사람들이 나를 을매나 찾아싼가 말도 못한당게. 강
릉, 부산에서까지 오질 않나, 참말로 놀라부러. 여그가
황섭연이 사는 집이라고 뭐 하나 표시도 안해놨는디
잘도 찾아옹께.

인터넷에 올라왔다나. 사진도 있다는 거 봉께 그 여
대생이겠지. 내가 좋은 일허는 사람이라고 소개가 된
모양인디, 그거 보고 사람들이 자기쪼께 도와돌라고
찾아와싸테.

의외로 말 못하고 속 끓이는 사람들이 많습디다. 직
장상사가 성추행을 혀도 짤릴깜시 따져보도 못허고 미
치겠단 아가씨, 새엄마헌티 이유없이 두들겨 맞는다는
여학생, 딸 뻘 되는 대학생헌티 무시받고 속상해서 찾
아온 청소 이모님. 그래요잉, 여복이 터졌는가 여자들
이 많이 찾아옵디다. 아무래도 아직은 여자들이 약자
인갑다 혔지라우. 근디 하루이틀 지낭께 웬걸, 남자들
도 만만찮더만. 주식을 날려먹었는디 자기 마누라는
모른담서 나한테 대신 이실직고를 해돌라질 않나,

명예퇴직을 권유 받았는디 죽어도 못 그만 두겄담서 따져돌라질 않나. 소심혀서 말못하는 것도 남녀노소가 따로 없는갑서.

뭘 어째요? 내 코가 석잔디, 쌩판 모르는 사람덜까지 나가 뭘 어쩔 필요가 있간디. 오는 족족 돌려보냈지라우. 오블리주는 무신 얼어죽을. 들어보믄 사정은 딱혀도 나보다는 다덜 낫드만. 나도 모르겄소. 이상허게 동네 어르신들을 대할 때랑은 마음이 달라불데.

눈 뜨기가 무섭게 사람들이 오고, 그라믄 나는 돌려보내는 게 일인디, 마음이 편치만은 않습디. 꼭 귀찮아서 보낸 것만은 아녀라우. 솔직히 나가 자신도 없더라고. 이야기 듣고 맞장구 쳐주는 거야 얼마든지 하겄는디, 직접 가서 편 들어줌서 따져줄라고 생각해보믄, 내가 뭣이간디, 라는 생각부터 등께. 근디도 와서 자꾸 졸라싸테요. 성의 표시는 섭섭지 않게 허겠다질 않나, 돈은 돌란대로 주겄다질 않나. 그래싼게 또 생각이 달라지데. 을마나 아쉬우믄 나겉은 거한테 저럴까도 싶고, 쪼께썩이라도 돈을 받다보믄 성님 일도 어떻게든 해볼 수도 있겄고. 그렇게 얼레벌레 시작이 돼부렀소. 간판은 내걸지 않았어도 말하자믄 개업이요, 그때부턴 돈이 오갔응게.

　재미지기도 합디다. 넘 얘기는 원래도 재밌는 법인디, 나헌티 오는 야그들은 은밀헝게요. 이웃이나 배우자, 시부모 숭도 보고, 불륜, 잠자리 문제꺼정 별의 별 말이 다 나온디 을매나 재미지겠소. 고해성사 하드끼 허는 사람, 성토허는 사람, 고민 상담꺼정 다양하지라우. 나헌티 요구허는 것도 제 각각이요. 항변해돌라는 사람이 제일 많긴헌디, 설득해돌라는 사람, 단순한 전달만 부탁하는 사람, 그냥 자기 말에 맞장구만 쳐달라는 사람도 있어라우. 어쩌긴요. 나야 돈도 받는디 의뢰자가 원하는대로 해주믄 되지. 소변소에 입각혀서 말하믄, 피변인을 상대로, 원변인을 위해 소변해주는 것이 내 일잉게.

　말도 말아라우.
　의뢰인들은 다 나를 믿고 찾아온 사람들 아니요. 간혹 소변의 결과가 시원찮다고 불평허기도 허지만, 따진다기 보단 하소연이고 대부분은 고마워 허요. 때에 따라서는 A/S도 해중게 그 짝은 별라 문제될 것이 없어라우. 근디 피변인쪽에선 야그가 다르지라우. 열이믄 열, 나를 거북해하고 싫어햐. 구청 직원들이 날보믄 인상 구기는 거랑 같은 이치요잉. 어느날 엉뚱헌 놈이 찾아와서 즈그들의 개인적인 일에, 이러쿵 저러쿵 해싼디 기가 차기도 허겄지. 글다봉께 욕들어 먹는 건 기본이고, 멱살도 심심찮게 잡혔소잉. 사기꾼이니 뭐니, 고소니 뭐니 나 사는 집을 불질러분다고 협박도 받아 봤소.

더러운 주둥이로 남 똥이나 대신 싸줌서, 냄새나는 돈이나 받아 쳐먹는 똥덩어리라는 소리도 들어보고. 그렇게 한 달이나 혔는가본디 나가 시방 뭐허는 짓인가 싶데요. 그렇잖아요잉. 첨모냥 동네서 일어나는 소소한 일이나 거듬서, 내 살길이나 모색했어야 했는디, 돈 몇 푼에 쓸데없는 참견이나 혐서 설치고 댕긴 꼴 아녀라우. 옆에서 잘한다, 고맙다 헝께 진짜 뭐라도 되는 양 우쭐해설랑. 긍게요, 늘 이놈의 오지랖이 문제요잉. 글혀서 사업자 등록도 안된 사업이만 말하자믄 폐업을 했소. 뭐 거창할 거 있간? 방 문 꼭 잠그고 두문불출 허믄 폐업이지.

마음도 울적형께 성님이나 보러 가야겄다, 마음 먹고 있었지라우. 모르겄네, 그때 성님헌티 바로 왔으믄 이야그가 달라졌을랑가도.

긍게 운명이란 것이 있다믄, 그때부터 장난질이 들어간 거 같으요. 목이 탕께… 한 잔 더 찌끄립시다.

긍께… 그 날은 이른 아침부터 밖이 소란합디다. 황섭연이를 찾는 모냥인디, 목소리가 귀에 익어. 가만 더 듬어봉께 폐품 영감님이데요잉. 문을 열어봉께 어르신들이 여럿 계십디다. 다급하게 도와달란디, 분위기 자체가 심상치 않더만. 사정 얘길 들음서 따라 가봉께, 철거하는 구역이요. 포크레인이 왔다 갔다험서 벌써 많이 뒤집어놨드라고. 어수선함서 음산허기가 이를 데 없는디, 철거를 반대하는 노인네 한 분이 자살을 했습디다. 근디 경찰이 현장을 후다닥 정리해부러서 나는 시신을 보도 못했소. 여든 자신 양반인디, 신부전으로 오래 투병을 했다데요잉. 자식들 사정까진 모르겄고, 몇 년 전에 부부가 함께 쪽방촌으로 들어오셨단디, 을마 전에 영감님이 실종됐다데. 치매끼 땜시 길을 잃은 건지, 가출인지 그건 모르요. 뺑소니 사고로 죽었단 말도 있고 소문만 무성협디다. 어찌됐든 나이자신 남편이 갑자기 사라져붕께 애가 탔겄지라우. 이제나 저제나 함서 지둘리는디, 인자 철거한다고 나가랑께 억장이 무너지지요잉. 영감님 올 때꺼정은 죽어도 못 나간다고 버티신 모양인디, 결국 그렇게, 참말로 죽어서 나간것여라우. 쪽방촌 어르신들은 심허게 동요되지요. 넘 일이 아닝게. 근디 철거하는 사람덜은 사람이 죽어 나가도 눈 하나 깜짝 안하더라고. 긍께 을매나 분통이 터지겠소. 나도 막 욱허니 뭐가 막 올라오데요. 그래서 경찰, 용역직원들 헌티 한 대꺼리썩 했어라우. 느그들도 인간이냐,로 시작헝께

옆에서도 봇물 터지듯 불평이 쏟아지데. 다들 할 말이 없어서 참고 있었던 양반들이간디? 경찰이고 철거반이고, 첨에는 귓등으로도 안듣더니, 판이 커진다 싶응게 쎄게 나오데요잉. 접근금지람서 밀치고, 업무 방해죄로다가 다들 콩밥을 먹이겠담서 으름장을 놓고 말여라우. 이럴 줄 알았단드끼 준비된, 덩치 좋은 어깨들도 세트로 움직이고요잉.

뭘 어쩌긴 어쩌라우. 싸나이 황섭연이가 찐허게 맞짱한 번 확 떠불라고 혔는디, 체격을 봉께 뼈도 못 추리겄길래 꼬랑지 바로 내렸재. 근디 암만 생각해도 그건 아니다 싶데요.

개발, 좋지요잉. 좀 더 인간답게 살아보자고 허는 거 아니겠소.

빈민촌 철거도 좋다, 이거요. 사람 살만한 곳이 못 됭께 새 걸로 바꿔준다믄야 싫다할 사람이 어디 있간. 근디 이 건, 헌 집 부셔불고 비싼 집 지어서, 돈 있는 사람헌티 장사허겠다는 거 아니요. 없는 사람들, 노숙 신세 겨우 면허고 사는 방 한 칸까지 뺏아불믄 어쩌라 고! 할머니 맨치 죽든가, 다른 쪽방으로 가든가, 길거 리로 나 앉든가, 그 이상은 선택의 여지가 없는디. 보 상금은 무슨 개풀 뜯어 먹는 소리, 거그 사는 사람들이 집주인이라도 되간디? 대부분 월세로 사는 사람들 아 니요. 이사비용? 거주 이전비라고 돈 십만원 쥐어준답 디다. 나야 쪽방 신세는 간신히 면하고 살지만, 쪽방촌 의 잠재 거주민 아녀라우. 지금 사는 데보다, 세가 싼 데는 쪽방촌 밖에 없응게요. 근디 거그밖에 살 곳이 없 응게 죽어도 못 나가겄단 사람이, 참말로 죽기까지 혔 는디도 시신을 쓰레기 치우드끼 딱 치워불고 즈그들 할 일만 햐? 오메, 나는 죽어도 이해를 못하겄데요.

근디 거그서 암만 떠들어도 소용 없겄더라고, 거그 도 시키는 대로 헐 수밖에 없는 사람들잉께. 글혀서 부 아 난 어르신들 살살 달개감서 구청으로 갔소. 거그 양 반들은 안면도 좀 있고 헝께 말이 좀 통헐 중 알았지. 가봉께 건물 앞에서부터 사람들이 거창햐. 구청장 물러가라 해쌈서, 재개발 반대 시위를 허더라고요잉. 옷도 깨끗하게 입은 양반들이 없는 사람들 위해서 그라고 있응게 고맙기도 하드만. 우리는 일단 구청으로 들어갔소. 역시나… 구청직원들이 날 보는 표정이 안 좋습디다. 눈을 마주치지도 않고 무조건 다음에 허자데. 도대체 뭘 다음에 햐. 잠깐이믄 된다고 헝께 제발 가시랴.

그럼서나 막 쫓가불데잉. 허긴 안팎에서 볶아쌍께 즈그들도 속 시끄럽겄다 싶어서, 담날을 기약함서 나왔어라우.

거그서 인자, 나는 진짜 소변인을 만났소. 우리겉은 소시민을 대변해주겄다데요, 모 신문사 기자입디다. 철거민의 애로사항을 알리고 싶담서 어르신들을 붙잡고 이 것 저 것 물어싸테요. 근디 그 냥반들이 인터뷰에 응할 주변머리나 있간?

자꾸 나만 찾아싸, 말 좀 대신 해돌라고 말이요. 나가 그정도를 못할 이유가 있겄소? 그 분들 입장에다가, 쪽방촌 옆에 살면서 느낀 점까지, 내가 헐 수 있는 이야기는 다 했어라우. 인터뷰를 꽤나 오래한 것 같으요. 메칠 간 속이 답답혔는디, 뻥 뚫리는 기분이데요잉. 사람들이 나를 찾아와서 주절주절 이야기 허는 그 기분도 알겠드만. 벨 말이 아닌디도 누군가가 귀 기울여 들어중게 그 자체로 기분이 좋아부러. 시방 우리 성님처럼 말이요. 귀밝이 술까지 자시고 열심히 긴 야그 들어중께 을매나 고맙소. 하여튼 그 기자냥반헌티 싹 다 야그 해부렀소. 글고는 모처럼 잠도 편히 잤어라우.

푹 자고 일어났는디 뭔가 느낌이 쪼께 이상해불데. 꿈자리가 뒤숭숭한 것은 아녔는디, 어수선하니 마음이 안 잡혀라우.

글고봉께 사이렌 소리 울려싸고, 밖이 시끄러부러. 간밤에 누가 또 죽었는가 혔는디, 방 문이 사정없이 흔들립디다. 문을 열기가 무섭게 몇 사람이 방 안으로 튀어 들어오더만. 황섭연이가 맞냐길래 그렇당게나 오메, 바로 손목에 수갑을 채우데! 체포니 묵비권이니, 시부렁시부렁 해쌈서 나를 끌고 가데요잉. 정신이 아득해서 그때부턴 기억도 가물거려라우.

경찰서에 도착형께 사방에서 번쩍번쩍, 아침부터 헐 일 없는 사람들 참 많데요. 나겉은 놈 찍어서 뭐헌다고 그렇게 찍어싸. 미리 귀띔이라도 해줬으믄 수염

이라도 깎고, 머리라도 깜았을 거 아뇨잉. 낭중에 봉께 내 사진이 뻴뻴 신문에까지 싹 다 나갔드만. 좌우당간 영문도 모르고 나는 마구잽이로 찍혔어라우. 서 안에 들어강게 오히려 마음이 차분해지데요.

잘못 한 건 없응게 빨리 오해를 풀고 집에 가야 쓰 겠다 싶었지라우.

조용히 묻는 말에만 대답을 잘하믄, 빨리 보내준다 데요. 그래서 열심히 대답혔소. 이름, 주소, 직업, 고향, 가족관계 이런 것부터 시작허드니 성님, 엄마, 할머니 랑 산 이야그까정 자세히도 묻데. 그동안 어디서 뭐 허고 살았는 지도 꼬치꼬치 물어싸트만. 못할 이야그 가 있간디, 성실히 대답을 했지라우. 근디 그 담부터는 질문이 어려버서 못 알아먹겠데요잉. 어느 당 당원이 냐, 무슨 조합에 소속됐냐질 않나, 인터넷 사이트가 어 쩌고 저쩌고……. 그런 건 당최 모른당게 즈그들이 조 사하믄 다 나온다데요. 글믄 조사를 먼저 허고 사람을 부르든가 허지, 알아듣도 못허는 거 묻고, 모른다믄 윽 박지르고 참말로 고약하데. 매끕시 나를 잡아오진 않 았을턴디, 내 죄목이나 알고 싶다고 혔소. 그랬드니 오 메, 죄목만 들어서는 나가 천하의 몹쓸 놈이데요. 뭔 죄가 그리 많은지 나는 기억도 다 못허겠어라우. 허위

사실 유포에, 공무집행 방해에, 또 뭐라드라? 통신법 위반에 선동죄라나 뭐라나. 내가 알아듣기 쉽게 말해 달라고 헝께 한 형사양반이 친절하게 정리를 해주데요 잉. 한마디로 나가 '좌빨'이라고 말여라우. 성님도 못 알아들을 중 알았소. 쉽게 말혀서 내가 '왼손잽이 빨갱 이'라데요

말이 안되지라우. 나가 어렸을 때부터 반공정신이 을매나 투철했소. 모의 간첩도 몇 번이나 잡아불고, 버 려진 전단지도 삐라인가 싶어서 다시 주워보던 난디요 잉. 왼손잡이도 당연히 아니지라우. 나는 혼자 술마실 때도 왼손으로 잔 드는 것이 싫어서, 병나발 불고마는 사람 아니요. 배달함서 오도바이를 오래 타서 그란가, 왼쪽으로는 댕겨본 적이 없소. 그런 내가 좌빨이라 잡 혔당게.

가만 있으믄 옴팡 뒤집어 쓰겄길래, 증거를 내놓으 라고 따졌어라우. 그랬더니 아따, 내 행적이 하나썩 나 오는디, 참말로 조사를 허긴 했나봅디다. 성님 회사에 가서 난동부리고, 구청 직원들헌티 따진 거까정 싹 나 오더랑게. 그랬던 일들이 인자 선동이고, 업무 방해가 된 거지라우. 또 뭐라드라 사람들을 말로 현혹혀서 돈

뜯어내고, 철거현장 가서 주민들 선동하고…. 형사 말만 들으믄 나는 아주 천하의 쓰레깁니다.

근디요, 그런 사실들을 하나하나 열거함서 '맞아, 안 맞아?' 허믄, '맞아요'가 돼불고, 글다보믄 나는 죄를 인정한 죄인이 되데요잉. 거그다 내가 불법 시위, 통신법 위반까지 한 넘이라데요.

시위라도 할 시간이나 있었간? 촛불시위가 한창일 때도,

왜 하필 시내 한 복판에서 혀서는 퀵배달 허는 디 애먹이나 싶어서 오히려 원망을 쪼께 했던 나헌티 말이요. 인터넷이라고는 내가 해본 적도 없는디, 사람들이 인터넷 보고 와싼게 그것도 어떻게 오해가 된 모양이고. 하나씩 따져보믄 말이 안되는디, 하나에서 열로 흘러가는 꼴을 생각헝께 왜 잡혀왔는가 어렴풋이 알 것도 같데요잉.

근디 잘 못 짚어도 한 참을 잘 못짚었지, 내가 그런 거창한 죄에 어울릴만한 위인이나 되간디. 말 몇 마디 나눠보믄 꼴통인 거 금세 알거인디. 실제로 어떤 형사는 나헌티 '이거 순전 꼴통이네' 그라드만, 그래놓고도 풀어주진 않데. 으찌됐든, 조사 결과가 나올 때까지 유

치장에 잠자코 있으라데요. 황당혔는디 시간이 쪼께 지낭게 차분해집디다. 아무리 세상이 요상시레 돌아간다 혀도, 설마 개를 돼지라 허진 않겄지 혔응게요. 한 이틀 있다보믄 집에는 가겄지 혔죠. 근디 오메, 한 삼일을 유치장에 가둬놓더니 '너 딴 디로 가서 며칠 더 있어야겄다' 하데요. 구치소는 쪼께 더 낫다나. 그 대신 엄마도 찾아주고 성님문제도 깨깟허게 해결해주겄다데.

어떻게 해결을 허겄다고, 죽은 사람을 살려내기라도 할라간디? 말허자믄 '딜'인디 선택의 여지는 없었어라우. 나는 됐다는디도 구치소로 보내졌응게요. 기가 막히고 코가 막히지라우. 어처구니가 없는디도 내 편들어주는 사람은 아무도 없데요. 성님 빈자리가 참 큽디다. 성님이라도 있었으믄 나가 그런 취급까지 당했겄어라우? 하긴 성님이 있었으믄 그 사달이 났을 리도 없지… 근디 인자는 의지헐 사람도 없다고 생걱헝게 외롭고, 서럽드만.

그때 확실히 마음을 굳혔소. 나겉은 사람 편들어주고, 위로해주는 사람이 되아야 겄다고 말이요. 의외로 구치소 생활은 견딜만 헙디다. 때되믄 밥이라도 중께

요잉. 사글세 방에서 혼자 굶고 있는 것보다 나응께, 느그들 맘대로 갖고 놀아봐라, 험서 맘을 비웠어라우. 그랑께 맘이 편합디다. 두어 달이 지낭게, 인자 집에 가라데요. 다 갖고 놀았는갑지. 앞으로는 설치지 말고 똑바로 살라는 의미로다가, 약속도 다 지켜줬담서 생색까지 내데요. 서류 봉투 하나 앵겨 주길래 받아 왔지라우.

바깥으로 나옹게 바람이 차졌더라고라. 바람도 전과자가 된 나헌티만 쌀쌀하게 구는가는 몰라도, 겁나게 찹디다. 그나마 돌아갈 방 한 칸이라도 있응게 을매나 다행이냐함서 집으로 갔지요잉. 엄마도 찾아주고 성님 문제도 해결해준다는 약속을 지켰다길래 혹시 변주리 여사가 집에서 지둘리고 있을랑가 혔는디, 곰팡이만 겁나게 폈지 달라진 것도 없드만. 그라믄 죽은 성님이 살아 돌아올 것도 아니고, 도대체 무슨 약속을 어떻게 지켰다는 건지 궁금허데요. 서류봉투를 열어봤지라. 알량한 약속이 들어있긴 합디다. 성님 사고사 보상금허고 위로금이 유족에게 지급됐다는 내용증명하고, 그 일로 더 이상 문제 삼지 않겠다는 각서요잉.

아따, 참말로 엄마를 찾긴 했습디다. 놀라운 일 아

니요. 우리는 몇년을 그렇게 노력해도 끝내 못찾았던 양반인디. 보상금, 위로금 수령자허고 각서에 오매불망 변주리 여사 이름이 딱 써있어 부러요잉. 참 대단한 양반이라…. 하도 기가 막히게 막 웃음만 나데요. 허긴 집에서 밥상 차려놓고 아들 지둘리고 있으믄 그건 변주리 여사가 아니지만요잉. 슬슬 부아가 치밉다. 눈길이 자꾸 서류로 가데. 변주리 여사 주소 말이요. 모르는 척 하기엔 많이 가차웅게, 충청도 어디만 됐어도 그냥 찢어 없애부렀을텐디, 안산입디다.

보고잪기는 무슨, 엄마란 사람이 어쩜 그럴 수 있냐고 싹 다 엎어부러도 모자랄 판에.

서류 그대로 들고 집을 나섰어라우. 그냥 돌아갈까 어쩔까 고민 몇 번 허다봉께 벌써 안산이더고요잉. 근디 동네 들어성께 마음이 착잡해집디다. 나 사는 동네나 벨 다를 게 없더라고. 주소를 찾아 우게로 우게로 올라가다봉께 가슴이 사정없이 뛰데요. 화가 난 건지 속이 상혔는 지, 그 것까진 모르겄소. 아니, 오르막길이라 숨이 차서 그랬는가벼. 거진 끝까지 올라강게 주소에 적힌 집이 나오데요. 어디 몸을 숨길 곳조차 마땅찮은 골목에서 한참을 어쭙잖게 서성이고 있는디, 오메 그 집 대문이 열리데. 거그서 허리가 휙 꼬부라진 할매 한 분이 나오는디, 워쩌긴 뭘 워쩐다요. 그 길로 그냥 뛰어 내려왔소.

모르지라우. 그 양반이 엄마가 맞는지 어떤지 우찌 알겠소, 눈도 제대로 마주치덜 않았는디. 변주리 여사 믄 뭐허고, 글혀서 한 번 보믄 뭐허겠소. 부둥켜 안고 울믄 뭐허고, 멕살을 잡고 따지믄 또 뭐허겠소. 모르 고, 또 모르겠소.

집에 옹께 다리에 힘이 풀리더니 눈 앞이 가물가물 합디다. 살짝 잠이 들었던 건지 워쨌는지 정신이 몽롱 헌디, 문 두들기는 소리가 들리데요. 쪼께 있응게 문이 스윽 열려부러. 오메, 문 앞에 늙은 성님이 서 있어라 우. 이게 꿈인지 생신지, 이승인지 저승인지, 엄만지 성님인지 당최 모르겠더만요. 허옇게 샌 파마머리에 추레하게 늙은 성님이 막 웁디다. 꺼억꺼억, 내 몸을 막 만짐서, 미안하담서…. 근디도 내 마음이 조금도 동 요허지 않습디다. 내가 원래 그렇게 침착한 놈은 아닌 디요잉. 한참을 눈만 껌뻑이다봉께 엄마가 차츰, 부분 부분 눈에 들어오데요. 기름기 없이 조글조글 구겨진 피부에,

주름에 곧 파묻힐 것맨치 움푹 패인 눈, 동글납작한 콧망울꺼정 눈물이 범벅이드만. 가만 들여다보고 있응게 나를 꼭 안아주데요. 얼굴을 부빔서나 울어쌌디, 갑자기 부아가 나서 내가 확 밀쳐부렀소.

너무했다고 너무 나무라지 마쇼. 어차피 꿈이었응게. 근디도 어찌나 생생헌지, 깨고봉께 얼굴이 흠뻑 젖어부렀데. 그건 모르겄소. 그것이 변주리 여사 눈물인지, 이 황섭연이 눈물인지는 말이요.

사흘을 꼬박 앓았어라우. 죽은 드끼 앓고낭께 참말로 새로 태어난 기분이데요잉. 지금까지 살아온 세월은 죄다 꿈인 것 같고, 시방 나가 살아있다는 사실만이 분명하게 느껴지드만.

여그서 숨이 들었나 나왔다 하는 것 자체가 경이롭다고 해야쓰끄나. '오메, 이 황섭연이가 아직 살아있어라!' 함서

동네방네 자랑이라도 하고싶을 만큼 기분이 묘합디다.

인자는 참말로 사는 드끼 살아야겠다, 싶은 마음이 절로 들데요. 정신이 명징한 가운데, 앞으로 헐 일이 확 떠오릅디다. 나곁은 사람, 성님곁은 사람, 혹은 우

리보다 더 못헌 사람들을 사는 드끼 사는 데 쪼께라도 일조하고 싶데요. 인자는 지대루 해볼라허요. 어설프게 헝께 말도 안되는 일에 휘말리지 않았소. 이 세상이 내 이름에다가 빨간 줄 하나 떡하니 그어준 것은, 인자 맞짱 뜰 자격이 된다는 것을 인정허겄다, 그런 의미 아니겄어라우?

오메, 몇 줄 더 긋겄단 소리는 아니요. 파런색 줄도 아니고 빨간색이라믄 내가 경끼한당께. 으쨌거나 그리혀서 [황 소변소]가 나왔소. 소심한 소시민들의 작은 소리를 대신해주자는 뜻으로 말이요. 나라도 그렇게나마 힘을 보태고, 편들어 주고 자프요. 아직도 내가 못 미더워라우? 잘 해볼랑게 걱정 붙들어 매시쇼잉.

아따 달빛이 바람을 이겼는갑소! 깎은 듯헌 똥글배기 보름달이오. 너무 훤하게 머리 위서 비칭게 왠지 낯 부끄럽소잉. 사위가 밝응께 시간 가는 줄도 몰랐소.

좋다! 바람도 좋고, 달빛도 참 좋소.
진작에 요 풍림지로 모셨어야 하는디 혹시 형수라도, 엄마라도 찾아오믄 성님하고 만나게 해줄라다 이리 늦어졌소.

닭장 겉은 납골당에서 많이 답답했지라우? 인자 좋은 데로 왔응게, 더이상 아무도 지둘리지 말고 편히 쉬쇼잉. 편히 계시다가 때 되아서 내가 가믄, 따뜻한 품이나 내어주소. 나는 성님이 겁나게 보고잪긴 헌디 성님 몫꺼정 다 하고 갈라믄 아무래도 쪼께 늦을랑가도 모르겄소. 느즈막히 가도 틀림없이 성님 곁으로 갈텡게 염려는 말아라우.

잔치가 재미진갑소. 쿵짝 소리가 요란해부네.

노랫가락 들링께 성님도 달맞이 잔치 가고 싶으요? 갈 거 뭐 있소. 여그도 똑같은 달 떴는디, 둘이라도 잔치 합시다.

어디, 춤 한 번 춰볼라요? 바람 한 번 타 볼려요?

그라요, 그라믄 내가 이렇게 손 내밀어줄텡게 리듬에 맞춰서 몸을 날려부러. 내 손바닥 우에서 미끄러지듯 흐느적거려도 좋고, 박력있게 쭉쭉 나가도 좋소. 바람따라 몸을 맘껏 흔들다가 물위로 사뿐히 내려앉으믄 되겄소. 어디 한 번 나가 볼까요?

워때요? 좋아라우?

물이 쪼께 차가버도 여그가 편하지라우?

평생 고고장 한 번 못 가본 중 알았드만 우리 성님, 춤도 잘 추네.

오메, 허연 바람이 부요!

– 처음 희곡으로 쓰여진 본 작품은 2013년 대원불교문화상 대상을 수상했음 –

〈추천사 1〉

코로나19 팬데믹은 세상을 온통 바꿔놓고 있다.

수 세기만에 인류는 감염병의 세계적 대유행을 통해 그간 살아온 삶과는 다른 궤적으로 이동중이다.

증상이 없더라도 걸리면 목숨이 담보가 되는 엄청난 바이러스의 위력에 주눅드는 건 인간의 본능이니까.

출근해서 일 하고 대중교통으로 퇴근하는 평범한 일상은 마스크와 악수조차 버거운 스킨십 자제로 큰 변화를 겪고 있다.

아침에 일찍 등교해서 야간 자율학습에 학원으로 끝나는 청소년의 삶도 예전과는 달라졌다. 크고 작은 차이가 있을 뿐 현재의 우리는 다시는 과거의 라이프스타일로 돌아갈 수 없을지 모른다.

평범한 단어인 '확진자', '확진자 발생'은 두려움에 떨게 충분했다.

단지 같은 공간에 있었다는 이유로 모두의 안전을 위해 2주간 자가격리를 경험한 내 동료는 "남의 일로만 느끼던 '죽음'을 반 발짝 쯤 더 가깝게 만드는 계기가 됐다"고 고백했다.

이 즈음 접하게 된 김현정 작가의 "당신의 이웃은 안녕하십니까"는 나도 모르는 사이에 처음부터 수십여 페이지를 빠르게 읽게 만든 매력적인 작품이다.

정말 오랜만에 읽는 단편 소설집이기에 가볍게 몇 페이지 읽어나 볼까 했지만 쉽게 내려놓을 수는 없었다. 무거운 주제를 감각적이고 독특한 시각으로 풀어낸, 그러면서도 맛깔나는 단어와 행간의 의미, 반전 등을 읽으며 모처럼 쌓인 스트레스를 풀어낸 기분이다.

비대면 언택트 시대는 물리적 이동에 따른 시간을 이전보다 줄어들게 했다. 물론 예전보다 늘어난 다른 업무로 인해 전체 시간의 여유분은 소소할지 모르지만 잠시 멈춰서서 나는 누구, 여기는 어디를 외친 경험이 있다면 일독을 권한다.

'당신의 이웃은 안녕하십니까'의 장미빌라 101호 같은 이웃과 어울려 살던 삶이 점점 사라지는 지금, 불필요한 만남을 자제하고 극도로 조심하는 생활을 해야 하는 우리가 진짜 경계해야 하는 대상이 코로나 19 바이러스 만은 아니라는 생각을 한번 더 해보게 된다.

독일의 철학자인 쇼펜하우어는 '인생은 입구에서 볼 때는 한없이 멀고 아득하지만, 출구에서 볼 때는 너무 짧다"고 말했다.

어느새 죽음이라는 두 글자가 그저 막연하고 다가오지 않을 미래로 여겨지는 나이를 지났다. 어릴 때는 그저 두렵고 무섭고 생각하고 싶지 않았던 죽음이지만, 예전보다는 훨씬 담담하게 받아들일 수 있게 됐다. 출구 쪽에 가까워졌기 때문일 것이다.

"베란다로 나가 문을 활짝 열고 바람을 맞는다. 여기저기 품었다 쫓겼다 돌고돌아 내 코끝에까지 닿았을 차가운 공기를 깊이 들이마신다." (당신의 이웃은 안녕하십니까 中)

책 다 읽고, 숨쉬기 한번 크게 하고, 다시 일상으로 돌아갈 힘을 충분히 얻었다는 분들이 많아질 거라 확신한다.

- 노정렬 (방송인, 개그맨)

〈추천사 2〉

윤여정 배우가 영화 '미나리'에서의 할머니 순자 역으로 美 아카데미 시상식(오스카) 여우조연상 후보에 오르고, BTS가 빌보드 차트 톱 100 싱글에서 두번이나 1위를 차지한 2021년, 대한민국의 문화열풍은 공간을 초월하고 있지만 정작 저평가된 것은 우리의 소설들이 아닐까.

영상의 시대, 감각은 한없이 빠르고 강렬한 자극에 익숙해지면서 우리가 놓치는 것은 없는지 돌아볼 때이다.

김현정 작가의 '당신의 이웃은 안녕하십니까'는 쉽게 택하기 힘든 주제인 죽음을 테마로 엮었지만 마냥 무겁거나 어둡지만은 않다.
삶을 관찰하고, 적확한 단어를 선정해서 문장으로 엮어내고, 이 모든 것을 스토리 내에서 살아 숨쉬도록 조직된 이야기는 분명 '죽음'이지만 작가가 말하고자 하는 것은 소중한 것들, 즉 '삶'이었음을 알 수 있다.
무심한 듯 툭~ 던져놓았지만 결코 가볍게 지나칠 수 없는 소설이다.

여러 핑계로 한동안 멀리 했던 소설 읽기의 필요성을 일깨워준 김 작가님께 감사와, 신작 발표를 축하드린다.

김성수 (시사문화 평론가)

오랜 시간 방송 일을 해 오다보니 자연스레 수많은 동료들이 생겼습니다.

그 중 유독 기억에 남는 이들은 틀에 박힌 반응이나 으레 그럴 것이라는 예상에서 벗어나곤 한다는 공통점이 있습니다.

이 책의 저자 김현정은 그런 '신선한 충격'을 준 작가입니다.

독자 여러분은 죽음을 소재로, 그것도 여섯 개의 각기 다른 죽음을 경쾌하게, 묵직하게, 먹먹하게, 또 멈춰서게 만드는 뛰어난 필력을 즐기게 될 것입니다.

여섯 개 밖에 안 되는 단편이기에 아껴가며 읽으시길 권합니다.

한참 시간이 지나더라도 기억하고 떠올리게 되리라 믿어 의심치 않습니다.

문화계 다양한 분야에서 '방송 구성작가 출신' 이라는 단어를 볼 때마다 반갑습니다.

영화, 연극, 뮤지컬, 드라마 등 다양한 분야로 진출해 두각을 나타내는 구성작가들의 건필을 빌며 순수문학에 도전한 김현정 작가에게 축하와 응원을 보냅니다.

장광호 (언론인, 前 SBS 방송제작본부장)